CW01642656

BURBUJAS

Plaza Istillaga, 2, bajo C. 20304 IRUN
Tel.: 943 63 28 14
Fax: 943 63 80 55
alberdania@alberdania.net
www@alberdania.net

Portada: Antton Olariaga y Unai Pascual a partir de una fotografía de Irati Elorrieta

Impreso en Itxaropena, SA, Araba kalea, 45, 20800 ZARAUTZ

ISBN: 978-84-9868-317-2
Depósito legal: SS. 835/2011

BURBUJAS

IRATI ELORRIETA

ALBERDANIA

astiro

A mi hermana, que esperó cuatro años más
en el vientre de nuestra madre.

¿Qué son los ángeles?
¿Podemos ser cualquiera de nosotros?
Sin saberlo, se nos adjudica un ángel,
¿te imaginas?
Imagínate una ciudad en la que...
Imagínate.

S. I. (BURBUJAS EN EL EXTRANJERO)

Vivo en la habitación de otro
pero miro mi vida.
Siempre se necesita un lugar
siempre se necesita un verano
para aceptar las decisiones que ya se han tomado.

S. I. ESTÁ SENTADA en un patio a la sombra de un árbol. El árbol rebosa de albaricoques todavía verdes. S. I. está como escondida en la sombra del patio. Ve cómo llega el cartero, cómo introduce una pila de cartas en el buzón de madera. Se pregunta qué se contará en ellas. Si habrá alguna personal, alguna que confiese un secreto a alguien. A ella, nadie le va a mandar ninguna carta. Nadie sabe a dónde ha ido S. I. con su mochila.

Sentada en la sombra de este patio, S. I. se siente protegida. La sensación de protección es absurda, ya que es pura casualidad que esté sentada en este patio y no en cualquier otro. Le llega el lejano sonido de las bicis subiendo y bajando la calle. Todos los sonidos que escucha son lejanos, como si el patio la aislase del mundo exterior.

SE ABRE UNA DE LAS VENTANAS que da al patio. Un hombre joven y calvo se sienta en la ventana. Sostiene un cuenco en las manos y se lleva a la boca trozos de fruta con los dedos. Come sin prisa, mirando al cielo, observando las formas de los tejados. Luego saca uno de esos botes que utilizan los niños para hacer pompas, y se pone a hacer burbujas.

Las burbujas que flotan en el aire crean brillos de colores, dan vueltas como si bailasen, y se rompen sin hacer ruido, mudas.

Una de las burbujas envuelve a S. I. O al calvo, desde su perspectiva, le parece que la chica que está sentada en el patio se ha metido en una de las burbujas. Y de alguna forma tiene razón, S. I. está envuelta dentro de una burbuja con riesgo de romperse en cualquier momento; sin rumbo con una mochila.

Se abre otra ventana, pero no se ve quién está en la habitación. El recién levantado comienza a tocar el chelo. El calvo dirige su mirada hacia el lugar desde donde proviene la música y lanza un conjunto de burbujas en esa dirección. "Buenos días." Luego entra.

S. I. no puede ver quién es el chelista, y menos aún sus ojos; pero el chelista puede ver a una chica de ojos soñadores sentada en el patio, perdida entre burbujas.

Por su manera de tocar el chelo, S. I. diría que no sabe hacer otra cosa. Piensa que si supiese hacer alguna otra cosa, no podría tocar así el chelo. Nota algo en la tripa. Como si la criatura que lleva dentro hubiese reaccionado al sonido del chelo.

S. I. tiene una criatura en el vientre. Ha llegado con una mochila a la ciudad B. y necesita buscar un lugar para la criatura sin nombre que lleva dentro.

En el patio hay rosas, un triciclo y una niña vestida de rojo correteando. Atraída por el tranvía amarillo que ve subiendo la calle, corre hacia afuera. El que parece ser su padre sale detrás de ella, vestido con un traje azul oscuro. En la sonrisa del hombre, S. I. puede ver lo feliz que le hace la niña.

Piensa que su criatura no tendrá padre, pero que por lo menos tendrá un lugar por donde poder corretear así.

El chelista querría cuidar de la joven que está sentada en el patio. Y si supiese que lleva una criatura en el vientre, también querría cuidar de la criatura. Sin saber por qué.

HACIA EL MEDIODÍA, el chelista decide bajar al patio. Coge la mochila de S. I. y le pregunta si le gustaría subir a comer. Se miran. S. I. no sabe qué responder, en silencio, sin intuir que con esa mirada ya han destruido dos vidas. No duda de que la mano que sujeta su mochila es la mano del chelista.

El hombre desaparece escaleras arriba con la mochila de S. I. Ha dejado la puerta de abajo abierta. S. I. no puede entender por qué ese hombre confía en que ella va a seguirle.

"¿QUÉ TRAE ESTA en la mochila?", pregunta el calvo, sorprendido, al coger la mochila de S. I. Imagina un castillo lleno de sueños en su interior, y se ríe. S. I. no entiende lo que ha querido decir el calvo, pero responde con una sonrisa. El chelista se alegra por el encuentro amigable entre su compañero de piso y la joven, y él también sonríe.

Tres sonrisas silenciosas se encuentran en una cocina, sin que ninguna de ellas conozca el motivo de las otras. Sin embargo, los tres perciben la tristeza en el fondo de ellas.

"Eres valiente si has aceptado degustar la cocina experimental de H.", le comenta el calvo. Nadie le ha dicho qué hay para comer; simplemente macarrones o algún plato exótico y desconocido. S. I. no estaría donde está si no hubiese sido algo valiente a su manera.

S. I. se sienta a la mesa con el chelista, que se llama H., y el calvo, que se llama Sr. No sabe qué decir. Ellos no pueden adivinar que ella lleva una criatura en el vientre. Y ella no sabe cómo decirlo. No sabe qué hacer con la criatura, dónde ponerla. Pero H. y Sr. en seguida se percatan de que S. I. tiene miedo de algo y se lo dicen, "No tengas miedo". Así, como si fuese fácil.

Le ofrecen una habitación en el piso. S. I. no sabe de quién ha sido la habitación vacía que le ofrecen, pero mete en ella su equipaje.

LA CASA tiene tres habitaciones, dos de ellas con ventana que da al patio; la ventana de la tercera da a la calle.

La habitación de Sr. se asemeja a una nave espacial con esa lámpara naranja y todos esos aparatos electrónicos aquí y allá. Tiene en la habitación todo tipo de utensilios para producir y grabar sonidos. Algunos son de tamaño muy pequeño y de color plata, pero hay otros que parecen de otra época. El tiempo está revuelto en la nave espacial.

La habitación de H. está repleta de cajas de madera, a modo de almacén, como si no hubiese usado en mucho tiempo lo que tiene guardado. La funda del chelo, de pie, casi tiene la altura de una persona. Todas las ropas esparcidas por la habitación son negras. H. ya tiene trabajo en revisar el contenido de las cajas de madera, para decidir qué guardar y qué tirar.

En la habitación de S. I. hay una mochila sin deshacer.

No sabe cómo salir de su habitación. No sabe qué hacer en su habitación.

H. llama a la puerta y entra sin esperar respuesta. Ve a S. I. sentada en la cama. Entra en el cuarto con sus botas gigantes y, al no hallar dónde ponerse, se sienta al lado de S. I. Ninguno dice nada, H. coge la mano de S. I. A esta le tiembla la mano y H. no la suelta hasta que no cesa el temblor. Luego le dice, "Vamos a comer un helado, ¿vienes?".

El tiempo no tiene buena pinta. Aunque la tormenta empezará en cualquier momento, se sientan en la calle cada uno con un helado. El cielo gris cae sobre ellos y aun así se siente el aire templado de verano. La gente que anda por la calle ya sabe que en cualquier momento se van a escuchar los truenos, que va a llover y que han dejado las ventanas de casa abiertas. Pero es verano y no importa mojarse el pelo ni los pies, ni que entre algo de lluvia en el cuarto. En verano, los habitantes de B. no se preocupan por semejantes cuestiones.

S. I. ha pedido un helado pequeño, pero los otros dos lo han comprado de tres bolas cada uno. Prueban el uno del otro y, tras comparar los sabores, se quedan mirando a la única bola del helado de S. I., que ha escogido chocolate blanco. Está claro que también quieren probar el de ella. Los helados pasan de mano en mano, y S. I. siente algo similar a la felicidad en medio de este ritual. Le sacan la sonrisa sin hacer nada especial. Es la segunda vez que sonríe desde el accidente, y la primera vez que siente una punzada de felicidad: cuando los truenos están a punto de empezar, comiendo un helado cerca de su nueva casa.

S. I. PREPARA CAFÉ, abre la ventana que da al patio y se sienta con el café mirando hacia fuera. Ve al padre, a la madre y a la niña pequeña cruzando el patio con maletas. Se van de vacaciones.

Atraídos por el olor del café, se presentan en la cocina dos hombres recién levantados. Como personajes que aparecen en un sueño. Todavía sin haber abierto los ojos del todo, se les alarga la línea de la boca mientras se sirven café en sus vasos. El periódico está sobre la mesa; uno coge unas hojas, el otro el resto. Sensación de paz en la cocina.

Suena el timbre. H. abre la puerta a una mujer pelirroja. Entran en la habitación de H. sin pasar por la cocina y al poco rato salen juntos a la calle. La mujer pelirroja lleva un vestido blanco y H. va vestido de negro de arriba abajo.

S. I. ESTÁ EN SU HABITACIÓN. La mochila, todavía sin vaciar, descansa en una esquina. Ha comprado flores para colocarlas al lado de la cama y ha colgado en las paredes carteles cogidos de la calle. Carteles de conciertos, manifestaciones, películas, exposiciones; carteles publicitarios y pintados a mano. Las calles de B. están repletas de carteles, los pegan unos encima de otros hasta que forman capas bien gruesas. Cuando sopla el viento, estas se desprenden de la pared y se quedan desperdigadas por el suelo. S. I. está mirando sus carteles, pensando que mira un trocito de todo lo que ocurre en la ciudad.

En la habitación de al lado, H. está con una mujer. H. tiene muchas novias. Se emborrachan juntos, follan, alguna se queda embarazada y tienen que ir a abortar. Por lo menos le ha pasado tres veces. Todo esto se lo ha revelado Sr. a S. I., y lo ha hecho como si la quisiese prevenir de algo.

En la otra habitación, Sr. está trabajando en el ordenador. No ha salido de su habitación en todo el día y a ratos llega el olor de la marihuana.

S. I. está quieta mirando los carteles de las paredes de su habitación, esperando a que algo se menee en la casa.

Llama a la puerta de Sr., temiendo cómo va a responder este. Decide hacerlo como lo hacen ellos: entra y sonríe sin dar explicación alguna. Sin necesidad de ninguna excusa, se tumba sobre la cama. Para hacerlo por primera vez, le ha salido bastante natural. No parece que a Sr. le haya resultado raro. Sigue trabajando, pero para demostrar que ha percibido la presencia de S. I., se ha quitado los auriculares, y la música que está componiendo sale por los altavoces.

En comparación con la soledad que sentía en su cuarto, qué agradable es estar tumbada en la cama de Sr. mientras este trabaja en el ordenador. El verde de las plantas del patio es intenso debido a lo que ha llovido los últimos días. Los albaricoques también siguen verdes, amontonados en las ramas. Un verano así de lluvioso es apropiado para estar en casa, para estar tumbado en la cama; escuchar música y perderse en los pensamientos de uno mismo.

–TE ARREGLAS BIEN con Sr., ¿verdad? –le pregunta H. una vez que están sentados en el patio.

Por fin ha hecho un día agradable. H. y S. I. han cocinado juntos y han cenado en el patio. Pero ya está anocheciendo y ha refrescado. S. I. quiere subir a por un jersey.

–Suelo estar a gusto con él.

Sube a por el jersey y aprovecha para coger otras dos cervezas de la cocina.

–Es curioso, no os parecéis en nada, pero se nota que os arregláis bien.

S. I. no sabe a qué viene querer hablar de eso. No hay mucho que decir. Sin embargo H. sigue pensando en voz alta:

–Igual es que tenéis un pasado parecido.

–Puestos a buscar paralelismos en el pasado, se puede encontrar algo casi con cualquiera. Al fin y al cabo, tampoco somos tan tan diferentes.

–Pero Sr. con la mayoría de la gente no suele estar tan cómodo como lo suele estar contigo. Y tampoco la mayoría sabe estar así con él. –A H. se le nota que quiere mucho a Sr. S. I. no conoce su historia, desde cuándo se conocen, ni por qué viven juntos.

A S. I. le hacen gracia los pensamientos en voz alta de H., porque hace mucho que no conoce a nadie con quien sea tan fácil estar. Y, desde el accidente, cualquiera a su alrededor le ha resultado insoportable. En cambio, sus nuevos compañeros de piso no la acribillan a preguntas, no se ponen nerviosos por la tristeza que perciben en sus ojos, no le dicen que tiene que estar contenta a cada momento, que tiene que hablar hasta vaciarse. Y no es que no les importe lo que le pasa a la joven que vive con ellos. Ella tampoco le pregunta a Sr. por qué se pasa los días enclaustrado en su habitación fumando hierba. No le pregunta a H. por qué se aburre tan rápido de sus mujeres.

–A ver cuándo terminan de madurar los albaricoques... –dice H.

–¿Con el tiempo que está haciendo? Sin sol, jamás perderán ese verdor. –S. I. no puede creer que algún día los albaricoques serán comestibles.

Suena el teléfono y nadie se levanta de la cama. La noche anterior se han quedado hasta tarde tomando cervezas en la cocina. Fuera llovía sin parar. S. I. ha deducido que se levantará el primero en perder la paciencia, y que los otros dos no la perderán. Ya no soporta más el timbre y salta de la cama, aunque sabe que la llamada no será para ella, igual que las cartas tampoco suelen serlo.

–¿Sí?

–Buenos días –dice sin seguridad la fina voz de una mujer. Calla unos segundos–, ¿está Sr.?

"¿Y dónde va a estar si no a estas horas?", piensa S. I.

Entra con el teléfono en la habitación de Sr. y lo despierta lo más suavemente posible, pero sin ser demasiado dulce. Sr. coge el auricular y S. I. puede oír la voz de la mujer diciendo "felicidades". Sr. cuelga y se da la vuelta para seguir durmiendo. S. I. sale de la habitación con el teléfono, no sabe qué hacer. Vuelve a sonar. Sr. se levanta de la cama haciendo un esfuerzo inmenso para mover su cuerpo adormecido. Coge el teléfono, lo cuelga y lo deja descolgado. Después se mete en la ducha.

Aunque llovía fuertemente, dejaron la ventana abierta cuando se fueron a la cama, y por la mañana hace fresco en la cocina. Todas las botellas de cerveza están sobre la mesa. S. I. las recoge en una caja de cartón y las baja al patio. “Me siento libre”, les dijo S. I. la noche anterior. “Pues todavía tienes los músculos bastante agarrotados…”, le había respondido H. para su asombro. Y le posó en la espalda esas manos de chelista, sin presionar apenas. Sintió el calor extendiéndose por todo el cuerpo. S. I. sospechó que todavía le quedaba un largo proceso por delante y, aun así, podía repetir “me siento libre”. Unas semanas antes ni siquiera hubiese imaginado que sería capaz de vivir lo que estaba viviendo este verano tan lluvioso. No sabía a dónde la iba a llevar todo aquello, pero había empezado a perder el miedo. Se sentía como una de las burbujas que había hecho el calvo el día en que se conocieron; bailando al capricho del aire, libre. Y si se rompe, qué se le va a hacer, así son las cosas. “Si me rompo, ya me levantaré otra vez”, se dijo S. I. a sí misma. Se sorprendió porque, desde que tuvieron el accidente, era la primera vez que pensaba algo así; que ya se levantaría otra vez. La primera vez desde que, de camino a la playa, en dirección contraria, todavía sin terminar la juerga de la víspera, el coche rojo se les echó encima. Y se ha dado cuenta de que, quizá, cuando se ponga en pie, esté en otro lugar y sea otra persona.

Para cuando Sr. sale de la ducha, S. I. ha preparado café y ha limpiado fresas.

–¿Así que anoche celebramos tu cumpleaños?

Sr. asiente con la cabeza.

–No sé por qué tiene que llamar para felicitarme...

H. aparece en la cocina en calzoncillos, mostrando su barriga blanca, y le choca los cinco a Sr.

–¡Felicidades! Buenos días. ¿Quién ha llamado tan temprano?

–Yinye.

Silencio. Cada cual se concentra en su café y sus fresas. Sr. decide poner a S. I. al corriente y le cuenta la historia de Yinye:

–Era mi novia. Vivía con nosotros antes de que tú vinieses. –Se lleva algunas fresas a la boca, haciendo largas pausas entre las palabras, como si le costase recordar–. Cuando le propuse tener un hijo juntos, dijo que estaría dispuesta a tenerlo si confiase en que podría dejar mi adicción a las drogas, pero que no podía creer que pudiese vivir sin estar enganchado a algo. Así que durante seis meses no tomé nada, no fumé nada, no bebí nada y le volví a preguntar qué era de nuestro hijo. Me contestó que no confiaba en mí y que no podía tener un hijo conmigo. Que vivo en otro planeta y que ella no sabía si quería vivir en ese planeta. Le dije que, en ese caso, era mejor que se largase.

S. I. está impresionada, nunca le había oído tantas palabras seguidas a Sr.

–Esto no es nada –le dice H. adivinando sus pensamientos–, cuando empieza de verdad y le dejas, no para.

S. I. está a gusto con dos hombres que habitualmente hablan poco. También ella, que era tan habladora, se ha vuelto más reservada con ellos. Cuando Sr. le ha contado de un tirón la historia de Yinye, se ha sentido más aceptada en esa casa. Se ha llevado la mano al vientre, como queriendo decir: "Yo también tengo algo que contar, yo también he perdido a alguien". Pero no puede.

Va al baño a lavarse los dientes. No sabe qué hacer; darse un paseo por algún mercadillo, o volver a meterse a la cama a leer. Cuando sale el sol, parece que hay que salir a la calle a aprovecharlo. Está sentada en el borde de la ducha limpiándose los dientes, y entra H. Coge el cepillo y se sienta frente a ella; se quedan mirando la boca llena de espuma que tienen enfrente.

–El cepillo que estás usando es el de Sr.

S. I. se saca de la boca un cepillo rojo que no es el suyo. Se ríen y se les escapa la espuma de la boca. Sr. entra al baño y pilla a S. I. cambiando de cepillo. Cada uno con el suyo, se limpian los dientes los tres juntos y, tras ponerse las gafas de sol, deciden salir a la calle.

HAN IDO A BAILAR. Hacía mucho tiempo que S. I. no bailaba, que no sentía la libertad que necesita para poder bailar. Aunque esté algo triste. Bailando, la tristeza se le transforma en sonrisa en los labios. Baila con los ojos cerrados, con la sensación de que ella es el centro del universo, imaginando que ha encontrado un lugar adecuado para su criatura.

–Ella no –le dice Sr. a H.

H. está mirando a S. I.

–Conozco esa mirada; ella no.

–¿Por qué no? –ha preguntado H. sin pensar.

–Porque hemos tenido suerte con ella. No te dejo estropear esto, la vas a cagar mirándola así. ¿Por qué siempre quieres lo imposible?

H. se pregunta por qué Sr. piensa que no es posible. Pero tiene razón, no la debería mirar así.

Sr. sabe lo que dice. Para Sr., no hay historia que termine bien. H. quiere cambiar el que parece ser su destino. ¿Será verdad que no puede enamorarse de nadie? Cuando quiere algo, ¿siempre lo desea por inalcanzable?

H. ESTÁ EN SU HABITACIÓN con una mujer, acariciando el cuerpo desnudo con sus manos de chelista. Pero tiene a otra persona en la cabeza. S. I. duerme en la habitación de al lado. H. tiene en la cabeza a la que duerme en la habitación contigua y las palabras de Sr. en el club: "Ella no". ¿Por qué no? ¿Por qué cree que le haría daño? Quiere llorar porque se siente como un monstruo. ¿Su amigo cree que es un monstruo? ¿Es que él no tiene derecho a enamorarse alguna vez? ¿A descansar de ese torbellino de mujeres? ¿Es que no tiene derecho a sentirse en paz, solo porque hasta ahora no se ha cruzado con la mujer apropiada? Quiere llorar por esa injusticia, pero ¿cómo se va a poner a llorar mientras acaricia a esta mujer? ¿Qué pensaría ella? Tiene que ser un hombre, desear a la mujer que tiene desnuda en sus manos, hacerle sentir placer. Y entre todos estos quehaceres, no queda lugar para lágrimas.

La mirada se le va a la ventana y ve que los albaricoques están cogiendo un tono amarillento. Pronto se podrán comer.

PIENSA EN LOS NIÑOS que no ha querido tener.
Y tendría uno con la joven que vive con ellos.
Dos semanas sin hablar con ella.
Dos semanas sin mirarla y sin hacer nada juntos.
Pero sigue queriendo tener un niño con ella.
Un día se lo dice.
Toca la puerta de su habitación.
Entra sin esperar respuesta
y se lo dice:
"Me gustaría tener un niño contigo."
S. I. sería feliz con una criatura de H. en el vientre.
Y, ¿qué hacer con la que ya lleva dentro?
Pero no saben cómo hacerlo.
No saben cómo hacer para
pasar de soñar con ello
a meterse juntos en la cama.

SR. NO SABE lo que está pasando pero percibe la tensión a su alrededor. Si lo supiese, sin dudarlo, mataría a los dos para evitar el desastre. Mataría a sus dos compañeros de piso con el derecho que le concede la objetividad del que mira desde afuera. Tal vez los mataría con veneno, como en los dramas del teatro. ¿En serio? ¿Se atribuiría el derecho de juzgar desde afuera? La verdad es que sentiría muy adentro el deseo de matarlos, pero siguiendo los principios que rigen su vida, debería permitir que cayesen en el hoyo y permanecer a su lado durante el tiempo que necesitasen para salir. Por todo eso, Sr. siente la tensión, pero prefiere no saber.

Desde que tuvieron la conversación sobre el niño, lo peor son las noches. Cada cual se mete en su habitación y, sentado en la cama, piensa cómo hacer para concebir juntos un niño.

A pesar de que Sr. tendrá la posibilidad de estar a solas con cada uno de ellos, por su manera de ser, no preguntará nada. Estará con S. I. en la cocina y preparará una infusión de buenas noches. Tomarán la bebida relajante casi sin decir palabra y le dará a S. I. la oportunidad de sacar el tema. Pero S. I. no dirá nada y Sr. no preguntará nada.

–Tengo que encontrar alguna ocupación para los próximos meses –le dirá Sr.–. Hoy he quedado con un amigo que está en la ciudad por cuestiones de trabajo. Llevará a un par de discográficas lo que he estado haciendo las últimas semanas.

A S. I. le gusta lo que Sr. ha producido últimamente. Ha empezado a distanciarse de un estado demasiado melancólico.

–La semana que viene podremos comer albaricoques –calcula Sr.

–¿Solo una semana? Necesitarán dos como mínimo.

De noche, solo se distinguen las formas de los albaricoques en las ramas y no se puede saber. Tomarán una segunda taza de té antes de irse a la cama.

También estará a solas con H. Este llegará a casa a medianoche con una botella de vodka y encontrará a Sr. en la cocina friendo un huevo. Ha fumado unos porros mientras veía una película y le ha entrado el hambre. H. le querrá preguntar por qué le dijo tan seguro “Ella no”, pues esa frase le quita el sueño. Beberán media botella de vodka entre los dos, pero ninguno sacará el tema. Se abandonarán en una conversación laberíntica sobre teorías conspirativas.

–¿Para cuándo crees que estarán los albaricoques?

–Por mí, podemos empezar mañana mismo con la recolección.

–Vamos a esperar un par de días más.

A la mañana siguiente, S. I. encontrará la botella de vodka medio vacía sobre la mesa y una cocina limpia a relucir.

MIENTRAS TANTO, H. sigue teniendo amigas con las que folla y la criatura que existe sin ser nombrada sigue creciendo en el vientre de S. I.

Procuran no quedarse solos nunca.

UNA NOCHE, Sr. sale a bailar. En sí, es algo bueno. Desde que Yinye se fue de casa, sale poco con los amigos de antes. Quizá haya empezado a recuperar las amistades de entonces. Quizá esté recomponiendo su vida.

S. I. está sentada en la cocina cuando irrumpe H., que viene de dar un concierto. Desde que H. dejó de hablar con ella, S. I. no sabe cuándo son sus conciertos y no puede ir a verlo, a escucharlo. H. deposita el chelo en el suelo, de pie, y se acerca a S. I. para darle un abrazo.

–¿Vendrás al siguiente concierto?

–¿Ha salido bien el de hoy?

–Antes de empezar siempre pienso que no seré capaz y, al acabar, me siento capaz de cualquier cosa.

No está claro por qué no se hablan, por qué no hacen nada juntos, cuando eso es precisamente lo que ambos quieren. Quieren salir a cenar, quieren ver películas, quieren dormir en el tejado, quieren ir a bañarse de noche, quieren ir a montar en bici, hacer un largo viaje. H. saca una botella de vino y dos vasos. Beben, y se ponen contentos. Se ríen mucho. Van a la habitación de H. Tiene la cama junto a la ventana, y se tumban mirando al patio. El árbol está dando frutos, los albaricoques que eran verdes se están volviendo anaranjados, y el verano está llegando a su fin. S. I. pensaba que nunca alcanzarían ese tono naranja, pero durante las últimas semanas han recibido suficiente sol y podrán comer albaricoques antes de que termine el verano. Quieren abrir la ventana y alargar los brazos para coger dos albaricoques del árbol.

Al haber bebido, todo es muy fácil. Se han desnudado y llevan mucho tiempo acariciándose, pero a H. no se le pone dura. No puede. Se quedan dormidos uno junto al otro; un cuerpo joven junto a uno blando. Se podría pensar que se han salvado de algo, que han conseguido evitar el desastre. Dos huesos de albaricoque caen al suelo.

Apenas duermen algo. Están otra vez mirando por la ventana y ven a Sr. entrar en casa. Ha llegado al amanecer y, seguramente, subirá al tejado antes de acostarse y se fumará un porro mirando la salida del sol. Están hechos un nudo en la cama y no pueden imaginar cuánto tiempo tendrá que pasar para poder volver a sentirse así de bien el uno junto al otro. Llevan tantos días alejados, manteniendo la distancia, que hacer el amor es la única manera de acercarse. Quizá sea demasiado pronto para ambos. H. no sabe que S. I. lleva una criatura en el vientre. ¿Actuaría igual si lo supiese? S. I. sabe que no tiene espacio suficiente para dos niños, pero en ese momento solo quiere a H., como si los dos estuviesen metidos en una burbuja, como si el mundo no existiese fuera de la habitación en la que están ellos. Sin querer pensar que la burbuja puede romperse en cualquier momento. ¿Qué pasará con ellos, después de hacer una criatura donde ya estaba creciendo otra?

CUANDO SR. LLEGA A CASA, ya es tarde para evitar el desastre. S. I. tiene una nueva criatura en el vientre, la que acaban de crear. La criatura que ya estaba dentro defiende su espacio, y se matan mutuamente en la lucha. S. I. lo nota cuando las dos mueren dentro de ella. Se queda mirando a H., esperando respuestas que no hay.

S. I. RECOGE LA MOCHILA que no ha deshecho en todo el verano, y compra un billete de avión a casa. El día anterior han trepado al árbol y han llenado cinco cajas con albaricoques. Cuando S. I. sale de casa con la mochila a la espalda, H. está en su habitación sacando cosas de las cajas de madera. Sr. duerme, entreabre un ojo y ve cómo tres pajaritos entran en su habitación. S. I. coge unos albaricoques del árbol para el viaje. También se lleva lo no dicho y lo no sucedido. Sentada en el avión, piensa que una burbuja es un lugar seguro, pero para poco tiempo, y que, por tanto, no ha estado dentro de ninguna burbuja. Porque el lugar en el que ha estado no es seguro, pero sí para mucho tiempo. Ya tendrá ocasión de crear otra criatura. Pero se necesita tiempo para nombrar lo que se ha quedado sin decir. Y se necesita tiempo para curar las heridas.

MIRADAS, MENSAJES DESDE LA DISTANCIA

Muerto,
viviendo en un piso de una habitación,
un agujero en mi cabeza,
que me mantiene despierto
cuando sopla el viento.
Muerto.

P.H.P.

SIRA SABÍA que le llegarían unas fotos en una carta a Barcelona. Cuando se fue de Berlín no tuvo tiempo de despedirse de todos. En el último momento no tuvo fuerzas. Estando de camino, recibió una llamada de Criss: "¿Por qué no te has pasado a decir adiós? Tenía un regalo para ti... Te lo mandaré por correo a Barcelona, son unas fotos de este verano".

Sira no está esperando la carta. Esas son cosas que se dicen, pero luego uno se olvida de coger el sobre y de ir a la oficina de correos. Al menos así le ocurre a ella con sus buenas intenciones. Tener la intención ya le parece muestra de algo; suficiente. Pero Criss compra el sobre y va a correos con la selección de fotos de verano para Sira. Para entonces, Sira ya lleva un año en Barcelona.

Cómo explicar el temblor de las manos de Sira, sabiendo que el sobre que está a punto de abrir contiene fragmentos de un verano. El temblor de las manos continúa mientras pasa las páginas del cuaderno, le viene desde el interior hasta las puntas de los dedos, y todavía no se puede explicar qué es lo que le produce este temblor, ya que todavía no puede adivinar qué encontrará en las fotos.

El verano anterior queda lejos. Los últimos meses en Berlín. Como un sueño que no se recuerda a la mañana siguiente, como una vivencia ajena, en una carta le llegan piezas sueltas de un verano lejano que contaría en tercera persona. Una corazonada: Sira sospecha que la memoria, débil y tramposa, descubrirá algo entre las fotos.

Y cuando lo encuentra, se asusta. Entre las fotos de verano hay una especialmente dolorosa. No la puede mirar. Aunque, si no le doliese, se pasaría horas mirándola. No para revivir el momento, sino para vivirlo por primera vez. Pero no se atreve. Qué hacer con la foto. Ha querido cerrar los ojos al llegar a esa página de la colección.

Una punzada allí donde más duele.

Ha pasado la página inmediatamente. Pero ha bastado para ver, para darse cuenta y para que la imagen quede bien impresa en su mente.

Cuando Criss puso esa foto en la colección, ¿no se percató de nada? ¿Revela la foto algo que solo Sira puede ver? Quizá Criss sepa perfectamente por qué le ha mandado esa foto. Sabiéndolo o no, Criss ha hecho tambalear la versión de la realidad que Sira había cuidado con tanto empeño. Con las manos aún temblorosas, guarda el cuaderno en el sobre y lo esconde en el fondo del armario.

El armario, sin embargo, no tiene la capacidad de detener el derrotero que han tomado los pensamientos de Sira. Sin haberlos invitado, resurgen en su mente ciertos momentos de los últimos meses. Momentos que, después de haber visto esa foto, reclaman tener otra magnitud y que se les haga caso. Han renacido con luz roja para decir, "Aquí estamos, aquí estamos". Cerrando los ojos, si piensa en esos momentos que parecían insignificantes, ¡qué doloroso es todo! ¿Acaso Hermann habrá visto la foto?

Además de él, hay más gente en la foto; fue una gran fiesta y el patio se muestra lleno de gente. Entre la multitud, la foto tiene la osadía de sacar a la superficie la historia de Hermann y Sira. En la distancia, hay cercanía entre ambos. No están mirando a la cámara, sino ocupados el uno con el otro. Sira, mirando hacia arriba, riendo. Casi se puede oír su carcajada. Como hipnotizado con la risa de Sira, Hermann está a un metro escaso de ella; a punto de dar un paso en su dirección, los labios prestos para besarla. Aunque por la noche había llovido intensamente, en el cielo se atisba la primera luz del día; la suave luz del cielo de Berlín al amanecer.

Cuántos besos se quedan sin dar.

Los ojos de Hermann son los más bonitos que Sira haya visto jamás. A veces, cierra los ojos e intenta ver los ojos de Hermann; nunca lo consigue. Cuando tenía a Hermann cara a cara, le resultaba difícil mirarle a los ojos. La mirada se le escapaba hacia los lados casi siempre.

A Hermann no, pero a su hija sí la podía mirar directamente. La hija de Hermann, como todos los niños del mundo, es una mezcla de su padre y de su madre. Los ojos de Lotta son los de su padre. Como aún es una niña de cinco años, los muestra desnudos. Piden –y absorben– sin vergüenza la atención de los demás. Cuando mira a su padre, por ejemplo, no queda lugar para nada más. A veces, cuando van por la calle, de camino a la guardería o a comer un helado, parece que no les importaría ser los dos únicos habitantes del planeta. Una silueta grande y, colgada de su mano, otra más pequeña; adaptándose una al paso de la otra. Él, vestido de negro, y la pequeña, envuelta en un vestido chino.

En Barcelona, entre los papeles de la tesis de Sira, aparecen apuntes que no tienen nada que ver con su tema: "Me estoy haciendo experta en conversaciones imaginarias". También hay frases más concretas: "Siento que aquí solo estoy de pasada" o "Me cansa mantener la relación con la gente que está lejos". En ocasiones siente que la gente que quiere está lejos y se le hace un agujero en el interior. No sabe cuándo tendrá la oportunidad de bailar otra vez con Maite; cuándo estará otra vez tomando un té con Kike y Mifu y viendo diapositivas proyectadas en la pared; cuándo irá otra vez al monte con su primo; cuándo podrá ir a ver los cuadros de Katixa al taller de la calle Dosdemayo; cuándo escuchará a Hermann tocar el piano sentada en el patio. Se siente sola y, para llenar el agujero que se le hace dentro, inventa situaciones y se sumerge en conversaciones imaginarias.

Habla consigo misma cada vez más a menudo, y cada vez se le hace más difícil hablar manteniendo la boca cerrada. En Barcelona, cuando va en bici y tiene que pararse en un semáforo rojo, no sabe cómo hacer para disimular el movimiento de los labios. La miran. Qué se le va a hacer; no hay manera de contener ese flujo de palabras en el interior.

Para los constantes monólogos creados por la soledad, una carta, un mensaje recibido por Internet o en el móvil, una llamada de teléfono, no son pequeñeces. Maite ha mandado un mensaje: "estoy enseñando castellano a 2 chicas húngaras. me he acordado de nosotras 2". Y es suficiente con eso. Maite y Sira aprendieron juntas el alemán. Junto con japoneses, finlandeses. Y aprendieron a relacionarse en esa lengua extranjera al mismo ritmo. Aprendieron alemán, pero no solo eso; cuando Sira conoció a Maite en Berlín en 1999, pensó: "Me han mandado un ángel de ahí arriba".

Sira sabe que mientras dura la primera lectura, el encuentro será del todo real. Luego leerá el mensaje una y otra vez para volver a sentir lo mismo, pero no se puede. Sira siempre intenta recuperar esa primera sensación; es como alargar una mano, un esfuerzo vano por alcanzar algo que no va a lograr.

Al poco tiempo de llegar de Berlín a Bilbao, Hermann la llamó desde su estudio a las cinco de la mañana. Hermann trabaja mejor de noche. Le basta con sentir a Sira al otro lado del teléfono, medio dormida, medio en sueños. Antes de colgar, Sira le ha dicho: "Mañana voy a pensar que he soñado contigo". Después de colgar, Sira no sabe qué le ha contado Hermann, pero ha perdido el sueño completamente. Y está segura de que han continuado estando juntos durante los minutos siguientes.

Estando en el pensamiento del otro se pueden salvar los kilómetros que hay de por medio. Pero estas llamadas generalmente no se hacen.

Sira nunca sabe con cuánta frecuencia está permitido hacer reales las conversaciones que se tienen en la imaginación con los que están lejos.

Antes de conocer a Lotta, lo único que Sira sabía era que tener a la niña había sido decisión de la madre. Sentía lástima por Hermann porque lo habían obligado a tener una hija. Pero la primera vez que vio juntos a padre e hija, cambió completamente de opinión.

A veces parecía que Hermann no sabía qué hacer. Se levantaba tarde, desayunaba sin prisa, se sentaba al ordenador; andaba de aquí para allá, pero no sabía dónde estar, con qué llenar su cabeza o cómo vaciarla. Otras veces transcurrían los días sin ver a Hermann: le surgía algún trabajo y desaparecía por una temporada. Sira lo echaba de menos cuando no estaba en casa. Pero también cuando estaba.

Conoce de todo en Hermann: días buenos y malos; algunos insoportables; normalmente, agradables; de tanto en tanto depresivos; alguno hablador; pero principalmente silenciosos, pensativos. Cuando está con su hija se transforma en padre; con las responsabilidades, preocupaciones y satisfacciones de uno.

Sira no diría que Hermann tuvo a su hija sin querer. Si no, ¿a qué fue a Berlín? ¿En busca de qué? A los de seis meses de llegar, una mujer llevaba a su hija en su vientre. Quizá Hermann le dijo "No quiero una hija", pero es muy posible que, cuando Hermann llegó a Berlín, sin quererlo, la estuviese buscando. Que fuese eso lo que necesitaba, sin saberlo.

En Berlín, Hermann nunca se le acercó a Sira de la manera en que lo ha hecho desde la distancia. Puede que un par de veces, pero por descuido, y para volver inmediatamente a la posición anterior. Una vez estuvieron tomando café; una vez, estando borracho, Hermann le acarició la rodilla; y otra vez, sentados en el patio con un amigo, le contó historias de su juventud. Y la vez de la foto. Aunque el paso y, por supuesto el beso, quedaron sin darse.

Porque son muchos los besos que se quedan sin dar.

ESTE AÑO que ha pasado entre Bilbao y Barcelona le han llegado mensajes sueltos de Hermann. En febrero le llegó por Internet a Barcelona un mensaje como una escena de película: "Funeral. Una iglesia en un pueblo pequeño al sur de Alemania. Todos vestidos de negro y una niña, L., con un abrigo rojo". El día anterior Lotta había ido a despertar a su bisabuela y la encontró muerta. Sira no le contestó, pero podía sentir los pasos de una niña pequeña vestida de rojo entrando en la iglesia, colgada de la mano de sus padre.

No contestó al mensaje hasta que, unas semanas más tarde, iba en el autobús nocturno a un funeral en Bilbao. A las dos de la mañana le manda a Hermann un mensaje al móvil: "Estoy cruzando el desierto y me siento en un mundo de fantasmas. He pensado en ti". Le escribe sin esperar respuesta. Va mirando por la ventana del autobús, sin quedarse del todo dormida porque la mente no para de hilar pensamientos. Una amiga de la infancia de Sira ha muerto de cáncer. La niñez de Olatz, sus ojos, la última vez que la vio, su fuerza, su cuerpo pudriéndose, se mezclan con las imágenes del otro lado de la ventana del autobús. Tiene toda la noche para estar abrazada a Olatz, toda la noche y los próximos dos días, enteros. Para sacar a la conciencia miles de momentos de la infancia –sábados, veranos, noches–, filtrarlos por el corazón, y llorar. Primero su hermana y después su primo, habían llamado a primera hora de la mañana. No ha tenido más que viajar con el autobús nocturno a Bilbao para poder estar donde debe al día siguiente.

Sira, además de con los que están lejos, también habla frecuentemente con un amigo que no está. El que no está, está más allá que el que está lejos. *Para siempre* son las palabras que más duelen, aunque no se pueden entender, o quizá por eso mismo. *Para siempre* no se puede entender.

Antes de las tres recibe un mensaje. Hermann está ahí. En alguna ciudad alemana cubierta por la nieve, viendo una película en su habitación. Tiene a Lotta con él. Se ha quedado dormida y Hermann, por fin, está viendo una película de su gusto. *Swimming Pool*, de Ozon. Lleva toda la semana viendo películas para niños. “Realidad y ficción se han mezclado en torno a la piscina. La chica joven, ¿no será nada más que la imaginación de la novelista?”, ha escrito. Lotta respira con dificultad, en invierno siempre suele tener el pecho cogido. En esa habitación de una ciudad alemana, y en cualquier otra, la niña que duerme a su lado lo salva de la soledad. Y lo prepara para lo que viene. Si es que viene.

Hermann le pregunta qué tal le va en Barcelona. "Siento que solo estoy de pasada", pone en el margen de uno de los papeles de la tesis de Sira. Sira le escribe que tuvo una relación de amor con Berlín, pero que con Barcelona no tiene más que una relación de trabajo. También Hermann está en una ciudad cercana a la frontera con Holanda por cuestiones de trabajo. Lleva las últimas semanas enclaustrado en un piso de una habitación, componiendo la música para el espectáculo de una pareja rusa; sintiendo la necesidad de relacionarse socialmente, algo que no le sucede a menudo. Sira no le cuenta nada sobre Olatz y no cita para nada el funeral, pero ese viaje de autobús tan difícil, le ha resultado más llevadero en compañía de tres o cuatro mensajes.

¿Por qué habrán guardado siempre esa distancia? La foto muestra que no era voluntaria. Y los mensajes que se mandan cuando hay miles de kilómetros entre ellos, quieren recuperar una cercanía de la que nunca han disfrutado. Ha necesitado ver la foto para darse cuenta de algo que no podía verbalizar. La prohibición de mirar a Hermann no tenía palabras: "No puedes mirarle" (porque cómo hacer para ver esos ojos y no querer hundirse en ellos). No se miraban porque no estaban preparados para las consecuencias. Y ahora, son muchos los kilómetros que los separan.

En Barcelona uno puede estar en la calle tomando café incluso al anochecer. Frank ha venido a visitar a una chica y, mientras ella trabaja, está sentado en una terraza con Sira y con su novio. Para Sira ha sido un regalo salir del cine, encender el teléfono móvil y recibir un mensaje de

Frank que dice, "Estoy en Barcelona". También Frank está escribiendo la tesis, pero en Donostia. Está preocupado por cómo hacer para mantener la relación con la chica de Barcelona desde allí. Sira piensa dónde está Berlín en el mapa, y no le parece que Donostia y Barcelona estén lejos. Tomando el café, suena el teléfono de Sira: "Maite", lee en la pantalla, y se le dibuja una sonrisa de lado a lado de la cara: "Hola". Han trasladado a Maite a trabajar a una ciudad más cerca de Bilbao. Después de salir del trabajo, pasea por la ciudad que todavía no conoce bien. "Estoy a gusto –dice–, pero a veces, cuando termino de trabajar, tomaría un café con alguien antes de ir a casa, y no tengo con quién." Desde Barcelona, Sira no puede ir a tomar ese café con Maite. Al colgar, Frank le pregunta de quién ha sido la llamada que le ha producido tal sonrisa. Sira le dice, "¿Crees que suele ser menos cuando llamas tú, o qué?".

De regreso a Berlín desde la ciudad alemana cercana a Holanda, Hermann se siente en casa. En el tren, al distinguir *Alex* en la niebla, sabe que ha llegado. Los árboles que se suceden a gran velocidad por la ventana permanecen desnudos. Mientras ha estado trabajando en la ciudad que ni siquiera tiene nombre, ha tenido que ir dos veces a París. Una vez solo y otra vez con Lotta. Han subido a la torre Eiffel a pie porque el ascensor no funcionaba. Lotta cuenta: "todas las personas eran asííí de pequeñas, como hormigas. Y las hormigas, las hormigas ni se veían". Hermann desea llegar a casa.

Antes de salir de viaje suele quedarse despierto hasta tarde; mientras escucha música a todo volumen, cambia las sábanas, vacía la papelera, limpia el suelo, se afeita, prepara los instrumentos de trabajo que necesita. Para cuando se da cuenta, se le hacen las tres o las cuatro de la mañana.

A la vuelta también se toma su tiempo. Se ha pasado toda la mañana ordenando CD en su habitación, clasificando los cómics y DVD que ha comprado, leyendo el correo que ha recibido mientras ha estado fuera. Tiene la lavadora en marcha. Ha dedicado la tarde a hacer pasteles en la cocina. El albaricoque del patio está en flor, a punto de estallar. La celebración del florecimiento del albaricoque está anunciada para el día siguiente. A principios de abril, se suele hacer una pequeña fiesta en el patio para celebrar el florecimiento del albaricoque, para festejar que la primavera está a punto de empezar. Los niños preparan invitaciones. Se junta la gente de la casa y vienen varios amigos y conocidos. Se descorchan botellas de champán.

Ocupar su primera tarde haciendo pasteles le ha parecido una manera dulce de llegar a casa. Mientras ha estado trabajando en la ciudad que tiene un museo y una universidad, no ha tenido tiempo de hacer nada parecido. En la cocina sus manos se mueven como cuando toca música. Corta algo, revuelve lo que está en la cazuela, mete un dedo para probar, añade las especias que necesita para lograr el sabor que busca. Se pueden observar sus manos con la atención con que se miran los detalles de una coreografía de danza. Hermann está completamente ensimismado. Cuando tiene todo listo, limpia metódicamente los restos que han quedado esparcidos por la cocina, hasta dejarla más limpia de lo que estaba antes de empezar.

Criss le ha mandado a Sira dos fotos de la celebración del florecimiento del albaricoque por Internet. En una de las fotos se ve a la gente reunida alrededor de la mesa del patio. Algunos sentados, otros tantos de pie, niños aquí y allá. Todos vestidos para el frío. Sentados sobre el muro del patio, Hermann y su novia polaca comiendo pastel. La segunda foto está tomada desde el lado opuesto, y no se ve a Hermann. Pero el albaricoque a punto de estallar de flores destaca en todo su esplendor. Y Sira piensa, "¿Por qué no estoy yo allí?".

HAY MENSAJES que son como fotos. Hermann le envía a Sira una imagen de primavera: "Ha salido el sol, tengo la ventana de la habitación abierta y estoy comiendo fresas. ¿Estás ahí?". Cuando en Berlín sale el sol, se ponen contentos; se alegran cuando pueden tener las ventanas abiertas y llegan las fresas de España a las tiendas. Aunque el buen tiempo dure un solo día, piensan que el invierno está terminando. Normalmente, después de un día así, el invierno todavía dura una temporada. Si está comiendo fresas junto a la ventana, tiene de frente el albaricoque del patio. Pasado el apogeo de su floración, ya habrá empezado a perder las flores. Sira no está. No puede estar. Inevitablemente, silencio.

Dos días más tarde, tumbada en la playa de Barcelona, relee el mensaje. Cierra los ojos para poder ver la primavera entrando a la habitación de Hermann por la ventana. Sabe que no puede estar. En Barcelona no ha sentido ni rastro del invierno y le parece que el invierno de Berlín está muy lejos. Puede verse cruzando un cielo gris que toca el suelo, con un abrigo negro que le llega hasta los tobillos. "Pareces Marlene", le había dicho su padre la primera vez que la vio con ese abrigo. Este año, el abrigo y el resto de las cosas necesarias para el invierno berlinés están guardados en el armario de la habitación de Bilbao.

"Me he encontrado con Maite en una película", le ha escrito a Hermann mirando al mar. Maite y Sira han visto la misma película en la misma semana. Un fin de semana que estuvo en Bilbao, a Sira se le ocurrió llamar a Maite porque pensó que era el tipo de película que hubiesen ido a ver juntas en Berlín. Sabe a qué cine hubiesen ido y qué camino hubiesen hecho en bici, en la oscuridad. Pero Maite estaba en un concierto con unos amigos y tenía el móvil apagado. *Lost in Translation* fue apropiada para una tarde de domingo solitaria. Como soñar. A los pocos días, estando Sira de vuelta en Barcelona y saliendo del portal, llama Maite para contar algo. A Sira se le ocurre preguntarle "¿Has visto *Lost in Translation?*". Maite ha ido esa misma semana a verla después de salir del trabajo. "¿Te ha gustado?" En pocas palabras ha quedado claro que se han encontrado en los momentos que tiene esa película tal vez irregular, pero hermosa. Del resto no han hecho ningún comentario; han nombrado entre las dos esos momentos bien observados. Y una imagen: Tokio, la metrópoli más grande del mundo, de noche, iluminada, al otro lado de la ventana de un hotel. Reflejada en la ventana, una chica joven escuchando música, sin poder escapar de sí misma. Hermann no sabe quién es Maite, pero con ese mensaje Sira quisiera explicarle cómo vive ella las relaciones a distancia, cómo en algún momento la ficción puede crear un espacio común. Hermann hace tiempo que intuye las andanzas del mundo interior de Sira. “No te pierdas en traducciones. Nunca he estado en Tokio.”

No se necesitan muchas palabras. Cuántas habrán sido todas sus palabras este año. Las suficientes para llegar a un nivel de entendimiento telepático.

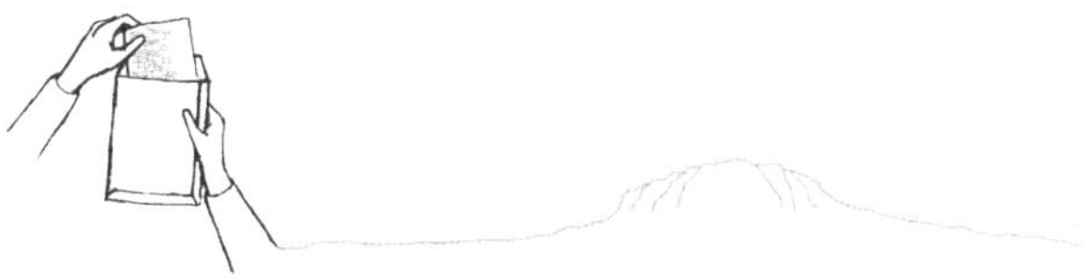

¿QUÉ TIENEN las fotos de verano? Sira guarda varios cuadernos en el armario de Bilbao con álbumes de fotos de otros tantos veranos. Cada cuaderno atesora un verano. El ambiente del estío tiene que ver con la libertad, y da ganas de enamorarse. O da fuerzas para destapar una historia de amor. Verano significa playa, significa tejados, significa tormenta nocturna, significa todo un día escribiendo sentada en un patio, significa un paseo sin aparente dirección, significa repasar el año mirando a la mar, significa una noche que se convierte en día en pocos minutos. Y crea un espacio del todo apropiado para empezar a vivir una historia de amor.

Algunas fotos se sacan, y luego se guardan en un cuaderno. Otras no se sacan. Se quedan guardadas en la cabeza.

Y ahora le gustaría escribir un mensaje a Hermann para decirle "he visto la foto", pero sabe que Hermann está de vacaciones con su novia polaca, y que no sería justo. Están en Islandia, haciendo fotos en esos paisajes de fantasía. Ahora Sira, a malas, diría que han viajado a los paisajes islandeses en busca de la magia que todavía no han encontrado. Este año Sira completa su colección con las fotos que tiene dentro. En una de ellas aparece un niño; y Sira no sabría explicar por qué.

PASEANDO CON UNA DESCONOCIDA

"La semana que viene vuelo a Berlín." He llamado para decir que voy; que no sé si le parecerá bien o mal, pero que por lo menos quería avisarle. Que estaré allí dentro de una semana. Que no tiene que ir a recogerme al aeropuerto, que me pondría nerviosa si viniese a buscarme, y que prefiero tomarme mi tiempo para hacer el camino del aeropuerto a casa. La vuelta es algo que solo me concierne a mí. Hace mucho que no hemos tenido contacto alguno. Yo últimamente he estado aislada en mi mundo y, al parecer, él también. "He andado con mucho trabajo", me ha dicho, y luego, seco, "me alegro". No he dudado de que haya estado ocupado y no he pensado que no se haya alegrado de verdad.

Tenía el vuelo comprado con tres meses de antelación. Al fin he conseguido dinero para empezar a preparar un proyecto. Después de dos años, tengo la oportunidad de volver con una cómoda situación económica. Además, seguro que también tendré la posibilidad de trabajar unas horas en el cine. Según se acerca la fecha, me doy cuenta de que no le he dicho a nadie que voy para allí. Como si tuviese miedo de decirlo. ¿Pero miedo de decir qué? Cuando solo queda una semana, es difícil atrasarlo más. Escribo un par de correos y llamo a Hermann: "La semana que viene vuelo a Berlín". Sé que la habitación del desván estará libre para mí. Llevo la cabeza vacía.

Desciendo del avión y pienso una evidencia: "Dejé de vivir aquí". Siento las imágenes del otro lado del cristal del autobús revolviéndose en el estómago. Escribo en el cristal con un dedo: "Dejé de vivir aquí". No puedo saber qué significa volver, no sé si es posible volver.

Tengo llaves para entrar en casa. Las he llevado en el bolsillo pequeño de la mochila durante dos años. El olor de la casa me resulta conocido. No hay nadie; la cocina está desierta, el rincón del ordenador libre, las escaleras despejadas. Doy una vuelta por la casa, dejo la mochila en el desván y bajo a la cocina a comer un trozo de pan con queso. También el sabor me resulta familiar. Me siento en mi casa; aunque dejó de serlo hace dos años. Siento suelo bajo los pies. Las contradicciones y miedos, nervios y dudas que pueda sentir, no nublan la realidad: que, de hecho, estoy aquí. Me dirijo a la habitación de Hermann, y llamo a la puerta. "¿Sí?", se oye desde el otro lado, y digo "Soy yo", sin decidirme a abrir la puerta.

–¿No vas a entrar? –Tengo que abrir la puerta y no sé lo que va a ocurrir, lo que hay al otro lado me parece un país remoto.

Hay un hombre vestido de negro de arriba abajo, de pie y mirándome desde ese lejano país, a muy pocos pasos de mí. Yo también voy de negro de arriba abajo. Qué decir, cómo acercarse. Silencio, inmovilidad; sostenemos la mirada desde un abismo sin distancia.

En el momento en que he abierto la puerta, han desaparecido todos los kilómetros.

A pesar de que me he sentido en casa nada más llegar, los primeros días estoy inevitablemente sumergida en un torbellino. No es difícil quedar con la gente, no es raro andar por las calles, no me cuesta encontrar algo que hacer. Cuando entro en la habitación del desván que está libre para mí, siento tristeza. Estoy triste por sentirme a gusto en esta ciudad del destierro, porque he echado en falta el estar aquí. Este pensamiento me rompe algo dentro y procuro estar agotada para cuando vuelvo por la noche a mi habitación. Para no estar triste por algo que ya no me falta. Y tras superar la nostalgia de lo que fue, solo surgen preguntas sobre lo que vendrá. Todas al mismo tiempo.

Jueves

Huyendo de este desván desocupado, salgo con Sagran a pasear por las oscuras calles de los fantasmas. Sagran intenta estar en otro lugar siempre que puede. Sobre todo la sonrisa; suele tener la sonrisa en otro lugar. Hemos recorrido a pie la calle más larga de las calles-fantasma abandonadas por la noche. Hasta llegar al túnel de la estación de trenes que están construyendo, la nada durmiendo, soñando: el Museo de Ciencias Naturales, el hospital, edificios burocráticos, otro museo, una plaza vacía, urbanizaciones de los sesenta, una estación de tren, pasillos de andamios, un campo de fútbol vacío, portales oscuros llenos de grafitis, jirones de papel bailando en la acera. Hemos atravesado la nada disfrutando de la compañía del otro. El templo de cristal que tenemos enfrente aspira a ser la estación central en el futuro. Estamos rodeados de grúas y, bajo su mirada, tomo conciencia de la transformación, lo cual me produce una inseguridad total. ¿Es realmente posible cambiar? Se me ocurre que lo más difícil es cambiar la imagen que los demás tienen de uno. Y no puedo evitar, por lo menos por ahora, amar esta ciudad sumergida en este tremendo proceso de construcción.

Sagran es parco en palabras, pero cuando se inspira, explica interminables teorías conspirativas. ¿Quién –o qué– se esconde detrás de los sucesos y del poder aparentes? ¿Es que siempre tiene en la cabeza pensamientos tan negros? No puedo seguir la velocidad de su discurso, pero de pronto dice: "Los imperios tocan fondo". Dando a entender que tocar fondo es la salvación. "Da la posibilidad de empezar de nuevo." La oscura visión de Sagran deja un resquicio abierto. Empieza a llover y rescatamos una bicicleta que estaba tirada en las obras para hacer el camino de vuelta. En la bici, me dice: "Has necesitado dos años para preparar el regreso", y sé que Sagran está pensando más allá de las palabras. "A ver si esta vez, no te asustas." Y, tras una breve pausa: "A ver si estos dos años también han sido suficientes para Hermann". Sagran dice cosas que nadie diría. De paso. Desde el borde de la vía. La escasa iluminación y la fina lluvia nos vuelven invisibles de camino a casa.

Viernes

Por la mañana, Hermann está en la cocina leyendo el periódico. En un intento de establecer la normalidad, me propone tomar un café. No sabemos cómo se definirá nuestra normalidad. Hermann y yo hemos ido otra vez a tomar café, y tampoco entonces supimos a dónde ir. Paseamos por no quedarnos parados en frente de casa.

Somos anónimos bajo la lluvia. Al principio no son más que unas pocas gotas, pero después mojan, y nos sentamos en una cafetería que estuvo de moda hace cuatro años. Me sale la sonrisa siguiendo la gota que se desliza por su nariz. La tiene torcida, truncada. Él también sonríe y dice, "Se te han puesto los pelos de punta con la lluvia". Somos los únicos que estamos sentados bajo el toldo mirando la lluvia, sin saber qué decir. Les tenemos miedo a las palabras; los dos. He regresado a Berlín.

–He querido enamorarme y no me ha salido bien –dice de repente. ¡Si estas no son palabras como para asustarse!–. Todos piensan que no soy capaz. Yo creo que podría enamorarme de ti.

A dónde mirar.

–Yo no me quiero enamorar de ti. – Pero la cuestión no es si quiero o no. Me acuerdo de la advertencia de Sagran, "A ver si esta vez no te asustas". Si empezamos a hablar, salen las palabras; flechas. Y no se puede hacer como si lo dicho no se hubiese dicho. Las gotas colisionan sin remedio contra el suelo, dibujan círculos.

Los dos estamos dentro. No sé si del mismo modo o de modo diferente, pero los dos estamos dentro.

Sábado

Visito a Mifu en un piso que no conocía. Como en todos los pisos que ha tenido, se ve un patio precioso desde una de las ventanas. Se podría pensar que son los patios los que escogen a Mifu. Sé poco sobre la historia de esta última mudanza, nada más que unas pocas palabras en la primera página de un cómic: "Los cambios se pelean, se ganan". Sin anticipos, Mifu ha peleado por su voz con ayuda de un cómic, en este piso al otro lado del parque. Recibí por correo el primer cómic de Mifu, y por eso reconozco a la mujer alargada que está dibujada en la puerta de la nevera con rotulador negro.

Preparamos la comida a su ritmo: ensalada de rúcula y fresas, patatas cocidas con espinacas, queso y té. Le pregunto cómo es Tokio, si se siente perdida allí. "No hay que ir a Tokio para sentirse perdida, en todas partes estás dándole vueltas a las mismas preguntas", me responde. "Tómate las cosas con calma, no tengas prisa –añade a continuación– no tienes que entenderlo todo nada más llegar." Sagran y Mifu no se conocen, pero seguro que se arreglarían bien. No planifican las cosas de antemano, le dejan al tiempo hacer su labor. Yo no sabía qué debía esperar de la vuelta; es más, no esperaba nada de la vuelta. Pero, sin previo aviso, la vuelta me ha confrontado conmigo misma.

Ahora tengo a Mifu de frente, mirando un cielo oscuro que amenaza con tormenta. Desafía con algo que esperamos. Porque sí, esperamos la tormenta. Las más hermosas suelen ser en verano. "¿Vamos al videoclub antes de que empiecen los truenos?" sugiere Mifu. Hemos ido a Negativeland y después hemos visto una película coreana, *A Tale of Two Sisters,* tumbadas en la cama. Pienso que con ella no me puede suceder nada malo. Mifu es mi hermana del extranjero. Me propone quedarme a dormir, pero prefiero ir a casa. En vez de tomar el camino del parque, vuelvo paseando por debajo de las vías alzadas, lloviendo. La habitación del desván está vacía; la luz de la habitación de Hermann, encendida. Tiene la puerta abierta y le veo sentado frente al ordenador.

–¿Estás trabajando? –le pregunto.

–No, pasando el rato. ¿Y tú? ¿De dónde vienes?

–He estado viendo una película. Me ha puesto triste.

No sé cómo explicarle qué es lo que me pone triste. Tengo ganas de estar con él, pero no sé si puedo. Si podemos. La película no tiene nada que ver con eso. Pero a veces se mezcla todo.

Hemos pasado la noche juntos. Queremos sentir con la piel, tocar aquello que no se puede tocar. Las caricias son sinceras; y las caricias sinceras, más creíbles que las palabras sinceras. Nunca nadie me ha deseado así. Reconozco estas manos: son las que tantas veces he imaginado antes de quedarme dormida. Estas manos tocan el chelo. He aterrizado en algún lugar. ¿Pero dónde? Estoy *aquí* por primera vez. Es real. Aunque tiene toda la pinta de no serlo. A la mañana siguiente, Hermann tiene que marchar de viaje de trabajo para diez días. Al amanecer su cuerpo se aleja del mío, pero algo se me ha quedado pegado.

Lunes

Siento su presencia durante los próximos dos días, y solo entonces me doy cuenta: "Tendría que tomar la pastilla del día después". Aunque desee un niño. Me gustaría tomar la pastilla, pero sabiendo que no ha sido necesaria. Se me hace extraña esta forma de pensar. Me ha aparecido una desconocida en mi interior. Yo misma.

Llevo una semana escasa en la ciudad y, si no hago nada para evitarlo, podría crecer una criatura en mi vientre. ¿Qué es un regreso?

Acompaño a Sagran a devolver una pila de cómics a la biblioteca. Los que más le gustan son los de ciencia ficción, se queda fascinado con los dibujos de colores del universo. "Algún día yo también querría hacer un largo viaje en nave espacial, pasar por Saturno...", comenta mirando al cielo. Sagran se fue de su pueblo porque sentía que era un tanto raro. En Berlín vive tan tranquilo porque hay gente mucho más rara que anda suelta. "Aquí dos de tres están tocados", suele decir, y ya sé que Sagran tiende a exagerar, pero se entiende lo que quiere decir. Esta ciudad posee espacios paralelos. "De todas formas, allá donde vayas, siempre te encontrarás contigo mismo". Sagran me anima: "Adelante con tus sentimientos, adelante con la tripa". No sé si ha sido lo más adecuado acudir a Sagran a por consejo. Pero no se lo puedo contar a nadie más.

TENGO DENTRO dos *Yoes* en lucha. "Los cambios se pelean", las palabras de Mifu en su cómic. En contra de mi *Yo* desconocido, pero sé que tengo que tomar la pastilla, que aún no es el momento. Esta lucha no se gana en un día. Salgo de casa con el vago objetivo de comprar la pastilla; saco la tiza blanca que he metido en el bolsillo, y escribo "todavía no" en las paredes. Voy por la calle e imagino a un hombre grande junto a mí, que tengo una criatura en el vientre, que los dos lo sabemos y que vamos felices agarrados de la mano. Pero camino sola; aún no es el momento. Voy a pie, y el objetivo es claro pero vago al mismo tiempo. Por miedo a olvidarlo, me repito a mí misma una y otra vez: "Voy a comprar la pastilla del día después", en voz alta, para comprenderlo mejor. El plazo para tomar la pastilla es de setenta y dos horas, y ya han transcurrido treinta y ocho. Voy sumergida en un mundo virtual, a abortar por si acaso. Sin saber qué estoy haciendo realmente, sin saber si realmente tendría que engullir esa pastilla. Como si lo que me está sucediendo lo estuviese viviendo otra persona. En esa ficción, es posible no comprar la pastilla y dejar que crezca la tripa. Soy yo la que va andando por la calle sin saber nada de su destino, en busca de mí misma, sin cabeza. El paseo que dibujan las dos palabras que escribo en las paredes –"todavía no"– va tomando vida propia. Le permito decidir a dónde me lleva. Hay otra persona dentro de mí y es ella quien me guía. *Mich gehen lassen, mich fallen lassen*. Dejarse llevar, dejarse caer. Sí, ¿pero hacia dónde?

Llevo un sobre en el bolso. Antes de irse de vacaciones, Criss me pidió por favor que enviase la carta, que a ella no le daba tiempo. Recuerdo la foto que Criss me mandó por correo. Tengo que ir a una oficina de Correos, como si el sobre en el bolso fuese un impedimento para entrar a la farmacia.

Salgo de Correos y, al pasar frente a la floristería, me acuerdo de la primera vez que compré flores y del trato del dependiente. De golpe, me parece adecuado contarle la historia de la posible criatura a un simpático vendedor de flores que he visto dos veces. Hay dos chicas trabajando y, detrás de ellas, los dos loros que al final del día le daban dolor de cabeza a aquel joven. "Cuando llego a casa, tengo que fumarme mi porrito porque, si no, me explota la cabeza", me explicó entre plantas, cuando descubrí, sorprendida, los colores de los loros. Les pregunto si el florista de Barcelona aún trabaja en la tienda. Me entristezco cuando me contestan que hace mucho que regresó a Barcelona con un novio alemán. Se me han quitado las ganas de comprar flores.

Calle abajo, decido ir a visitar a Hannah para ver su jardín junto a las vías del tren y para hablar con ella sobre el tema de mi proyecto. Hannah tiene mesas y sillas esparcidas en su jardín. Una vez a la semana invita a algún conocido a preparar la cena y el solar sin construir junto a las vías se convierte en restaurante. El resto de las veladas organiza conciertos, proyecciones y otro tipo de eventos. Si de camino me encuentro una farmacia, voy a entrar. Pero no hay ninguna.

La puerta está cerrada. Hannah vive en el vagón que está aparcado en un rincón. Veo el jardín y su vagón desde este lado de la verja. Arranco un papel del cuaderno que llevo en el bolso, le escribo mi número de teléfono, introduzco la nota en un envoltorio de plástico que encuentro en el suelo y la dejo sujeta a la verja. Hoy también podría llover.

Tomo un helado de cereza y compro un bolso rosa que no me pega nada. Luego no se me ocurren más cosas y entro por fin a la farmacia. Hace cuatro horas que he salido de casa. Las palabras me salen mecánicamente:

–Necesito la pastilla del día después.

–No se vende sin receta –anuncia la dependienta, y me recomienda ir a urgencias.

Mientras espero en urgencias, me llega un mensaje desde París directamente al vientre, y de allí a todo el cuerpo. He deseado que la pastilla no sea necesaria.

En urgencias no están obligados a recetar la pastilla. Me apuntan la dirección de un ginecólogo y voy a una cabina de teléfono para llamar a Mifu. Aún no he recibido los papeles del seguro médico europeo y necesitaré su tarjeta de la seguridad social para poder ir al especialista. Mifu no está en casa; estará trabajando y no volverá hasta la noche. Hago el camino a casa con una calma que me resulta difícil de creer. Después de seis horas, regreso sin haber tomado la pastilla. Todavía me quedan treinta horas y cada hora que pasa reduce su efecto. No conozco esta actitud de aceptar las cosas tal y como vienen. En casa me preguntan dónde he andado todo el día. ¿Qué decir? Ni yo sé dónde estoy.

MARTES

A la mañana siguiente, Mifu y yo vamos a primera hora a por la pastilla. Quién sabe si el médico no estará de vacaciones, o enfermo. Me pregunto cuántos obstáculos más estoy dispuesta a superar para hacer algo que no quiero hacer. Mifu ya me ha advertido por teléfono de que ella no va a poder entrar a la consulta de mi parte, ya que no está segura de que la prueba de embarazo le diese negativo. Le explicamos la situación a la enfermera y me permite entrar en nombre de la señora Yushimoto. Para las nueve ya he tomado las pastillas e invito a Mifu a desayunar con cruasán y todo. A las dos nos gusta que sea tan temprano y estar desayunando fuera.

–Me alegro de que estés aquí otra vez –me confiesa tomando el café a tragos pequeños.

–Yo también me alegro. – A mí tampoco me gustaría que ella se fuese a Japón.

–Cuando me mudé al piso nuevo, toqué fondo. El piso estaba vacío, yo estaba sola. No tenía ni colchón y dormía en el suelo; comía sentada en el suelo; leía y trabajaba en el suelo. Leí muchos cómics prestados de la biblioteca. Descubrí un librito de J. Porcellino, con microhistorias del día a día. El cómic también lo dibujé en el suelo.

Trato de imaginar cómo una habitación vacía empieza a abarrotarse con los dibujos de un cómic, cómo se llenan las paredes con los fragmentos de un relato. "Nosotras dos necesitamos historias, ¿verdad?", me dijo Mifu una vez que estábamos sentadas en la terraza de casa. Sí, necesitamos historias porque nos ayudan a entender. Los próximos días tendré tiempo para devorar unos cuantos libros tumbada en la cama.

–En invierno cogí una pulmonía. Estuve tres semanas enferma.

Si hubiese estado aquí, la hubiese visitado en su nuevo piso y, al ver el edredón en el suelo, le hubiese dicho, "Mifu, vamos a comprar un colchón, que si no, vas a coger una pulmonía".

Nunca sabré si la pastilla que ingerí impidió un embarazo o no. Quiero pensar que no, que no fue necesario tomarla. Ahora puedo decir tranquilamente: que venga lo que tiene que venir. Pero entonces no; no del todo. Por eso tragué la pastilla contra lo que podía venir. Por si acaso.

Jueves

He quedado con Sagran para cenar en el jardín de Hannah. Sagran no sabe que he tomado la pastilla. A él –y a mí– le gustan los personajes que, en los libros, en las películas, en los cómics deciden no tomarla. Esos personajes que realmente permiten que venga lo que tiene que venir. Por otro lado, si conociese mi decisión, diría, "Si la has tomado, es porque la tenías que tomar". Porque aún no era el momento.

En la parte superior del edificio que limita con el solar, alguien ha escrito con letras negras: "Todo lo bueno viene de arriba". Con grandes letras negras y hermosas que pueden leer los viajeros que van sentados en el tren. A cada momento le corresponden sus palabras.

Llego en bicicleta con los calcetines de rayas subidos hasta las rodillas y la cremallera del jersey cerrada hasta arriba. Hermann está sentado junto a Sagran, que lo ha recogido del aeropuerto antes de venir a cenar. Como Hermann tenía hambre, ya han cenado y están tomando una cerveza fresca. Afuera, pero con las chaquetas puestas. El suelo está húmedo y el aire es frío, ya que llueve todos los días. No sé cómo tengo que acercarme a él.

Sin decir nada, me siento en su regazo, me rodea con sus brazos y tengo sus manazas alrededor de mi vientre, dándome calor. Como si lo supiese todo.

Hacemos una carrera de camino a casa: Hermann y Sagran en coche, yo en bici. Subo las escaleras jadeando y Hermann me está esperando en el desván. Señalando el ordenador que está en el suelo, me pregunta:

–¿Has escrito mucho estos días?

Enciendo el ordenador y abro todos los documentos, uno tras otro. Los he podido escribir con la ayuda de los que me han contado sus historias. Tengo un libro dentro. Qué más puedo decir sobre mi regreso.

–¿Puedo pedir un deseo? –le pregunto.

–Son libres.

–He empezado con los preparativos del proyecto. Necesitaré dos años para terminarlo. Luego quiero tener un hijo contigo.

–De acuerdo.

Es libre soñar con el futuro. Está permitido expresar los sueños con palabras.

LA PRUEBA

Lou está en algún lugar de Bélgica, esperando el autobús que lo llevará a Berlín. Tiene que estar en Berlín a las doce del día siguiente. Ha tenido que ir necesariamente a París por tres días. Son pocas las cosas que son tan imprescindibles y no han sido los días más adecuados para tener que ir a París. No podían haber sido días menos oportunos para ir a París. Como si alguien lo hubiese concebido a propósito. Como si alguien hubiese querido ponerle las cosas difíciles, mientras necesariamente tenía que estar en París, la persona que más quería tener a su lado ha bajado de Dinamarca a Berlín.

A Lou y Ara los vi juntos una vez en una cena y Lou me habló de ella una vez en un parque. Estábamos sentados en el centro del parque cuando comenzó la tormenta; como si el parque fuese el universo y nosotros su centro. Su cara aparecía y desaparecía con los rayos. "No te vayas." Como si viéndole la cara me resultase más fácil interpretar sus palabras. Para poder entender en su cara aquello que era tan difícil de creer en sus palabras.

Andábamos por el barrio, poniendo los carteles del primer concierto que iban a dar Lou y Sagran, y nos sentamos en el parque a tomar una cerveza y hacer una pausa. Y cuando empezó la tormenta, no nos marchamos; nos cobijamos bajo un árbol. No teníamos intención de dar por concluida la conversación. Las palabras de Lou eran como rayos en mi vientre: "Sé que lo que he encontrado es especial, y sé lo que tengo que hacer", dijo sin mostrar ninguna duda, con la verdad del enamorado. Cómo puede uno estar tan seguro. "Lo sé –dijo Lou– lo sé." Certeza absoluta, cómo es posible.

"¿Pero eso existe de verdad?", pregunté queriendo creerle. Y yo soy soñadora por naturaleza, pero... Lo de siempre: "Cuando lo sientas, entonces sabrás que existe". Pensé, "Yo también quiero". Sobre todo, porque por sus palabras me pareció que no es algo que le ocurre a todo el mundo. "Es un regalo." La cara encendida, vi en sus ojos el brillo del que se siente escogido. No era el brillo del soñador, sino la luz del que ha superado la sorpresa de haber recibido un regalo inesperado. "Yo también quiero", pensé otra vez, pero también, "Está exagerando". El que recibe un regalo invisible, si lo cuenta, corre ese riesgo: la incredulidad del que escucha. Incluso más, el riesgo de quedar en ridículo. Sobre todo cuando se trata del regalo más grande posible.

Solo habían estado juntos dos veces antes de que Ara regresara a Dinamarca. Después de la primera noche que pasaron juntos, por la mañana, Ara le dijo que tenía que volver a Copenhague. Que su trabajo estaba allí. Entonces no lo dijo, pero allí tenía algo más que el trabajo. Nevaba, frente a la casa de Lou las palabras de Ara quedaron suspendidas de los copos de nieve. Lou quiso hablarle con la mirada, porque sabía que las palabras resultarían insuficientes. No interrumpió la mirada hasta que sintió que sí, que Ara se iría a Dinamarca, pero también, que regresaría. Hasta que lo sintió con la fuerza que iguala el saber y el sentir. Con la fuerza que durante los largos meses del invierno berlinés le permitiría reproducir en su cabeza lo percibido en ese momento.

Se vieron una vez más antes de que Ara partiese. Lou la visitó en su casa con la excusa de querer copiar las fotos que ella había sacado aquella noche. Ya que, por lo menos, Ara le había dado su dirección berlinesa. Hablaron de temas corrientes toda la tarde. Ventana, canción, frío, cansancio. Cenaron algo; queso, un huevo frito cada uno. "El ordenador no funciona otra vez." "Tienes razón, también tendría que llevar la bici a reparar..." Cosas así. Para ir aterrizando con palabras intrascendentes.

Cuando la acompañó a coger el autobús, Lou sabía que Ara lo llamaría por teléfono o que vendría a visitarlo. Que no iba a esfumarse en la nada. Ara no podía desaparecer para siempre.

Una noche no es nada. Pero una noche puede ser suficiente.

Cuando Ara llamó para avisar de que venía a Berlín para cuatro días, Lou no se lo podía creer. Que Ara venía a Berlín, sí. Lo que no se podía creer era que Ara viniese a Berlín precisamente para los días que él necesariamente tenía que estar en París. Cuando son tan pocas las cosas que son tan imprescindibles.

En algún lugar de Bélgica, Lou espera el autobús, y el autobús no viene. ¿Dónde está el autobús? No se atreve a apartarse de la parada; cuando llegue el autobús, él tiene que estar allí. Transcurren las horas y Lou no se ha movido de su sitio. Si quiere ver a Ara antes de que ella regrese a Dinamarca, tiene que estar en Berlín para las doce del día siguiente. El autobús no viene. A las dos de la mañana llama a la oficina de Eurolines de Bélgica, llama a la oficina de Francia, llama a la oficina de Berlín, pero a esas horas de la madrugada no hay nadie que conteste el teléfono. A las seis de la mañana está sentado en el bar de la estación de autobuses bebiendo un zumo de naranja. A su lado, tres amigos borrachines del tabernero. Recién salidos de la cárcel. Al otro lado de la ventana, entre la niebla, una ciudad belga, cualquiera. Lou decide que en cuanto Eurolines abra la ventanilla, pedirá cuentas por el autobús que no ha aparecido y exigirá que le compren inmediatamente un vuelo a Berlín. A las ocho de la mañana, en la ventanilla de Eurolines nadie sabe dónde está el autobús que debía pasar por Bélgica en dirección a Berlín, y nadie está dispuesto a comprarle un billete para el próximo vuelo.

Lou comprende que no llegará para las doce. Llegar más tarde y no llegar, son lo mismo. Ara regresará a Dinamarca al día siguiente. Ha desaparecido un autobús camino a Berlín; a quién tiene en su contra. Si tiene que entender todo esto como señal de algo, quién ha decidido que él no tiene que estar en Berlín para las doce. Cómo hacer para ser más fuerte que lo que actúa en su contra, si su adversario es capaz de hacer desaparecer un autobús camino a Berlín. Lou necesita mucha energía para hacerle frente. Pero ¿de dónde la saca? No sabe qué hacer. No puede llamar a Ara para decirle que está en algún lugar de Bélgica, sencillamente porque no tiene su número. Lo que tiene es una cita con ella a las doce en un bar ruso. Su móvil, cómo no, está sin batería, y la agenda, maldita agenda, nunca la lleva encima. Suele ser así cuando viaja. Alguna vez ya ha pensado, "¿Y si pasa algo y me quedo aislado?". Pues justamente, ahora. El dueño del único número de teléfono que sabe de memoria tiene el teléfono móvil apagado. Al día siguiente Ara regresará a Dinamarca. Si considera lo que significa no comparecer a esa cita, no le llega el aire a donde le tiene que llegar. El mundo continúa a su alrededor, pero él se está quedando fuera, mirando la película desde el exterior e incapaz de participar en ella. Lou se sienta junto al teléfono público; si no se sienta, se caerá. Sus piernas no pueden aguantar la situación que su cabeza no logra sostener.

Junto a su mochila, en el suelo de la estación de autobuses repleto de colillas, una mano arrugada posa una maleta roja. Ve cómo la dueña de la maleta se sienta en el banco contiguo al teléfono. Es una mujer mayor que tiene la cara igualmente agrietada por las arrugas. Rubia. Pelo rubio, largo y fuerte. Alza el cuello del abrigo verde para protegerse de la corriente fría de la estación, y se pone a cantar. Tiene la voz de una chica joven:

Mes jambes brulent, je continue.
Mes poumons brulent, je fume.
La beauté de ce qui viendra.

Esa mujer, quién la ha puesto ahí. Mirando a la mujer, Lou ruega, "No te calles, por favor no te calles". El canto de la anciana le tiende la mano para salir de su aislamiento. Su mano arrugada saca un chicle del bolsillo del abrigo verde y lo lleva a la boca; se interrumpe la voz de la chica joven. Su participación ha sido muy breve. Tiene una maleta roja y parte hacia algún lugar. Lou comprende que se tiene que mover. Se levanta y busca la mirada de la mujer antes de coger el autobús que lo llevará a la estación de trenes de la ciudad. "Gracias." Comprará un billete para el primer tren que llegue a Berlín.

A las doce menos cuarto está en Colonia. Antes de coger el próximo tren, mete las últimas monedas que le quedan en un teléfono público y vuelve a marcar el único número de teléfono que sabe de memoria. "¿Sí?", responde Sagran en Berlín. Lou dispone de poco tiempo para lo que tiene que decir antes de que se acabe el dinero.

–Estoy en Colonia. El próximo tren a Berlín sale en media hora.

–¿En Colonia? ¿Qué haces en Colonia? –Sagran sabe que Lou tiene una cita con Ara.

–Ya te explicaré. Tienes que estar en el Gorki en diez minutos y tienes que decirle a Ara que estoy de camino. Llego a las cinco y media a Ostbahnhof.

Al colgar, Lou se da cuenta del riesgo. Conociendo a Sagran, y por la voz que tenía al otro lado del teléfono, podría colgar y volverse a dormir pensando que ha soñado la llamada.

Pero Sagran va al Gorki. Ara tiene el pelo rubio y largo. Sagran no ve a Ara.

Ara ha ido a dar un paseo, necesita aire fresco. Lou no ha aparecido. Habrá cambiado de parecer. Ara necesita mover las piernas, sale a pasear. Se tranquiliza un poco y piensa: "Habrá cambiado de parecer, pero, por si acaso, voy a regresar al Gorki". Y Lou no está, pero ese chico calvo que está sentado solo en esa mesa, ese chico con pinta de despistado, estaba con Lou aquella primera noche. Si hasta entonces Ara no había entendido qué había ocurrido las dos veces que habían estado juntos, cuando ve a Sagran en el Gorki y, más tarde, a las cinco y media, recogen a Lou en Ostbahnhof, necesitará pocas explicaciones. Solo será posible si lo dos creen en ello. Solo entonces.

EL SUEÑO DE SAGRAN

La realidad da respuestas cada día. Un no de Yinye será duro. Hasta qué punto son los sueños los que crean la realidad. Si será la fantasía el origen de toda existencia. Eso es lo que Sagran quiere demostrar y organiza su vida en torno a ello. El laboratorio. Además de eso, hace música con varias personas. En este orden, y no al revés. Tiene la intención de preguntar a Yinye si quiere tener un niño con él. Tumbado junto a ella, Sagran no logra dormirse.

Con cuatro años, se le apareció en sueños el niño asiático que tendría de mayor. En el sueño, padre e hijo tenían la misma edad. Sagran sabía que estaba jugando con su futuro hijo; el niño rubio y el moreno de ojos rasgados se hicieron amigos inevitablemente.

Desde entonces, se le ha aparecido en sueños repetidas veces. Según ha ido haciéndose mayor, la diferencia de edad entre ambos también ha ido aumentando, ya que el niño presenta siempre el mismo aspecto que en el primer sueño. Pero han seguido siendo amigos durante todos estos años, con la complicidad propia de las amistades de la infancia. El niño que aún no ha nacido, ha sido para Sagran un compañero de juegos que ha vivido dentro de sí mismo durante todo este tiempo. El niño que aún no ha nacido quiere salir.

Desde los cuatro años Sagran ha sabido algo sobre la que sería la madre del niño, y eso es más de lo que pueden decir la mayoría de los hombres. Pero aún así, bastante poco. Lo único que sabe es que tiene que ser asiática. Ese conocimiento inusual a menudo le ha causado más dudas que seguridad. Preguntando a Yinye si tendría un niño con él, tiene la esperanza de despejar la incertidumbre para siempre. Contempla a la mujer que duerme junto a él. Si pudiese penetrar en sus sueños de la misma manera en que penetra en su cuerpo... ¿Será Yinye?

Aquellas que no lo han sido también son parte de su historia; pero esta vez, querría romper con el modelo de las historias que no son. Ha empezado a vivir ese patrón del desengaño como una condena que le obliga a conservar el niño dentro.

El año que vivió en Inglaterra estuvo con una chica india. A sus dieciocho años, no parecía que fuesen a tener niños juntos. Al terminar el año, Sagran debía empezar sus estudios en Alemania, y se separaron. En verano, la chica de origen indio lo visitó en Alemania, lo pasaron bien en vacaciones y luego ella volvió a Inglaterra.

El verano que trabajó en San Francisco se enamoró de una mujer de Taiwán. Estaba casada y tenía dos hijos. Una vez que estaban tumbados en la cama el uno junto al otro, le dejó bien claro que ella no abandonaría por nada a su familia.

En la ciudad alemana donde cursaba sus estudios tuvo una novia persa que tenía la finura de las princesas de los cuentos y la valentía de las almas libres. Solían salir en grupo y vivían sobre todo de noche. Sagran recuerda un sinfín de locuras de aquella época. Un amanecer, sentados a orillas del Rin, Sagran se dio cuenta de que el niño no podía ser de aquella chica. Quién pondría la otra mitad, no era una decisión que se pudiese tomar bajo los efectos de la vida nocturna. Este año, la princesa valiente que fue su amante en las locas noches de su época universitaria, recibirá el Premio Nobel de Física.

Después de haber escuchado hasta aquí, tuve que preguntar a Sagran si nunca había tenido una novia que no fuese asiática. Si una chica no asiática no tendría ninguna oportunidad con él. Y no estaba ofreciéndome para ese puesto, pero pensaba, "¿No habrá condenado el sueño a muchas historias posibles a no ser?".

Sí que ha tenido novias europeas; también una marroquí. "A veces vienen historias imparables, y solo queda vivirlas tal y como vienen. Aunque lo pongan todo patas arriba..." Tiene a Aisha en mente. El caos que supuso empezar con ella. Ese tener que empezar con Aisha en contra de todo lo que era importante, sabiendo desde el principio, que no sería para largo.

Ha reconocido que el sueño que tuvo a los cuatro años ha dirigido su vida en una cierta dirección; que ese sueño, aunque de manera muy inconsciente, ha condicionado su mirada, sus sentimientos, sus acciones; que el sueño le ha determinado un modo de estar en el mundo; y que le da una razón, un sentido al estar aquí.

De ahí la obstinación de Sagran por probar hasta dónde llega la fuerza de la fantasía, de investigar qué es lo que crea la realidad.

El que todavía es su mejor amigo pasea a su hijo por las calles de la ciudad. Conoció a Rey en su época de estudiante, cuando les tocó vivir juntos en una de esas habitaciones dobles de la residencia. Su nuevo compañero de habitación había llegado a la ciudad junto al río Rin para estudiar Química. Durante aquellos dos primeros años fumaron porros escuchando música encerrados en la habitación de la residencia, soñando mundos posibles. Hoy también, cuando los veo juntos, me doy cuenta de que siguen creyendo en los mismos sueños de entonces.

También con Yinye pasa horas en la habitación. Eso que puede compartir con tan poca gente, es muy fácil con Yinye. Mucha gente no logra comunicarse con él ya que la mayoría piensa que Sagran no habla. Y cuando empieza, no calla. Pero, como dice él, para empezar a hablar, tiene que sentir que es posible hablar con el que tiene al lado. Solo abre las puertas cuando recibe una señal. Pocas señales son claras; y muchas de esas señales, pura ilusión.

Le gustaría que fuese Yinye la madre del niño que se le aparece en sueños. Y le gustaría que fuese ahora el momento de tenerlo. El niño nace de entre las piernas de la madre, pero ese cuerpito que emerge de entre las piernas también es parte del padre.

Si Yinye le dice que no, Sagran sabrá que Yinye no será la mujer que tendrá a su lado. Sabe que lo que le sucede, sucede porque tiene que ser así; en un momento dado algunas experiencias entran en la historia, y otras se quedan fuera. Ocurre sin interrupciones y, generalmente, sin darnos cuenta. Pero hay momentos que son como puntos de inflexión y Sagran tiene la sensación de que el que le viene inmediatamente es uno de ellos. Despierta a Yinye con besos.

Los besos querrían rebasar la frontera del cuerpo.

Después de haber fumado suficiente marihuana, pregunta a Yinye, "¿Quieres tener un hijo conmigo?". Sienten que están colgados de la misma partícula de tiempo. Yinye le dice que sí, que sería feliz. Se quedan dormidos el uno junto al otro, y Sagran desearía que también Yinye soñase con ese niño que será de los dos. Quiere pensar que el mundo de los sueños y el que llamamos real son uno, que van de la mano, y que es el mundo de los sueños el que decide hacia dónde avanzan.

La próxima vez que Sagran saca el tema, Yinye no sabe de qué le habla. Si se ha vuelto loco. Que las cosas tendrían que cambiar mucho para tener un hijo con él.

Sagran prepara un porro y sale a la calle a media noche. Se cruza con otras soledades que rondan por la ciudad a esas horas: Un chico va en bici sin prisa por llegar a ningún lugar, haciendo eses; una joven hablando en voz alta se para aquí y allá, y baja la voz para que nadie escuche sus secretos.

Sagran continúa andando hasta el alba. Se detiene en el puente que atraviesa las vías del tren a contemplar el amanecer. "¿Hacia dónde irán estos trenes?" El día rompe detrás de las vías que se pierden a lo lejos, y los nuevos edificios de cristal que han cambiado tanto la ciudad multiplican los rayos de sol. Su cuerpo está cansado, pero tiene la mente despierta, muy cerca del mundo de los sueños. Lejos de donde quiere vivir Yinye. Sagran escucha el estribillo que se repite como un conjuro en las mentes de los que van sentados en el tren:

Ayer por la noche he soñado
contigo,
contigo.
He escuchado tu voz y
voy tras ella.
Ayer por la noche he soñado
contigo
contigo.

EN UNA CARA

...They follow you
until you know
you are not whole...

P.H.P., *Drink of Luv*

En una misma cara, excesiva madurez y una asombrosa infantilidad. Una vez la oí gritar fuera de sí; yo estaba aún en la cama y se escuchó un grito proveniente de algún infierno escaleras abajo. "A esta qué le ha pasado, ¡esta chica se ha vuelto loca!" Tiene pelo largo de bruja, un pelo dorado delicioso que le llega hasta la cintura. En el submundo de sus ojos, se divisa un dolor intenso y, de pronto, chispas de vida. Puras explosiones de vida.

Tenemos una escultura suya en la ventana del baño, junto a la bañera, entre plantas: una mujer hecha de yeso blanco, desnuda; los pies demasiado largos, enormes; la espalda no puede sostener el cuerpo derecho y dos manos gigantes, musculosas, envolviendo a una persona pequeña, abrazándola. Protegiéndola hasta ahogarla. Escondiéndola. Manos que han trabajado todo el día, restos de pintura en la ropa. Katrin.

Llegué a Berlín y nadie sabía cuándo iba a llegar. Porque no había sido capaz de llamar a nadie para decir, "Mi avión aterrizará en Tegel a las cuatro y diez". Y hay frases más difíciles de articular. Por un segundo imaginé que podía aterrizar en los brazos de Hermann. Él ya me había ofrecido por teléfono venir a buscarme al aeropuerto, y le dije que no. Por alguna razón, tenía miedo de llegar a casa. De todas formas, siempre es confortador aterrizar en Berlín, me siento bienvenida fuera de casa, y eso no es poco.

Como si regresase de unas breves vacaciones, llevaba las llaves en el bolsillo; y menos mal, porque la casa estaba vacía a primera hora de la tarde. He subido la mochila al desván y me he detenido en el tercer piso al oír el sonido de la ducha. Se ha abierto la puerta del baño y ha salido alguien secándose el pelo con una toalla. Pelo largo dorado, manos enrojecidas por el agua caliente. Katrin. El pelo mojado se le ha deslizado espalda abajo al alzar la cabeza, puntas que quisieran llegar hasta el suelo, todavía goteando, y he pensado, "¿Desde cuándo no se cortará el pelo?". He recordado aquel grito de Katrin que hizo temblar toda la casa antes de hacer las maletas y marcharse de Berlín. "¿Qué haces tú aquí?" Ella a mí, y yo a ella, al mismo tiempo, sorprendidas. Hace ya dos años que tanto ella como yo hicimos las maletas para irnos de Berlín. "He venido a pasar el verano", me ha dicho ella, y yo, "Yo también". Hemos venido a pasar el verano e, inevitablemente, es algo relacionado con cambios. Seguro que Katrin también tiene algo que aclararse a sí misma. Nos hemos abrazado, muy torpemente, diciéndonos la una a la otra, "Me alegro". "Voy a ver si veo a alguien más", he dicho luego, con ganas de encontrarme a alguien vestido de negro.

Está vestido de negro de arriba abajo y posa sobre la mesa el café solo que tenía en las manos. Yo no sé sostener este silencio y esa mirada:

–La casa está vacía. Solo he visto a Katrin, saliendo de la ducha.

–La mayoría de la gente está fuera, de vacaciones. Estamos casi solos en la casa.

No sé por qué, pero sé que se alegra de que yo esté aquí. Cuando he entrado a su cuarto, se ha puesto de pie, no ha sonreído, no ha dicho nada, no se ha acercado; ha dejado el café sobre la mesa. Temiendo que el mínimo gesto pueda ser demasiado. Sus piernas me han parecido muy largas. ¿Cómo sujeta ese cuerpo con esa elegancia? Hermann.

A Katrin se le cae un poco el cuerpo, y la mirada también, la suele tener algo caída. Esos ojos, cuando se iluminan y sonríen, arrojan a su cara una criatura que, hace mucho, fue feliz. Un gesto enviado desde la memoria. En la cara de Katrin vive más de una persona. Hay caras en las que son visibles las pérdidas de la vida de esa persona. Se ven dos caras en el rostro de Katrin.

Cuando Katrin vivía en Berlín, trabajaba con Hermann en un pequeño teatro. Katrin de técnica de luces y Hermann de técnico de sonido. El teatro no estaba lejos de nuestra casa y, de vez en cuando, al terminar de trabajar, Katrin cenaba con nosotros. Llegaban los dos sudados; las ropas, la piel y el pelo manchados de aceite, de pintura y de polvo. El verano anterior a volver a Estados Unidos estuvo viviendo en nuestra casa. "Le ha salido el diablo por la boca", pensé cuando la oí gritar escaleras abajo.

También ahora, cuando ha querido regresar a Berlín a pasar el verano, ha preguntado a Hermann si había alguna habitación libre en la casa. Hermann, con sus ojos, su silencio, su cuerpo grande, tiene la capacidad de crear una sensación de protección. Hermann sabe reconocer la herida en la cara de Katrin. "Me parece que no conozco a Katrin, apenas sé algo de ella", me ha dicho Hermann. Pero unos ojos tristes como los de Katrin, son la debilidad de Hermann. Su especialidad.

Katrin se mueve por la casa como un fantasma pelirrojo. Nunca sabemos de dónde viene, ni a dónde va. Anda ocupada.

–Katrin, estás empezando a tener pinta de zombi. ¿Es que no duermes?

–No. Trabajo todo el día, luego me meto en mi habitación, empiezo a modelar figuras, y se me pasa el tiempo sin darme cuenta. De pronto, ha amanecido y se escuchan los pájaros.

Las noches de verano son muy breves. Intensas. También las esculturas de Katrin son muy intensas. Forma con las manos los sueños que tiene estando despierta. Con la ropa sudada manchada de pintura y varias herramientas colgadas alrededor de la cintura, la boca rígida, preocupada. Así ha deambulado unos cuantos días. El viernes por la noche se puso una falda larga de flores, y salió de casa con los labios rígidos pintados de marrón oscuro. Se le notaba el deseo de mostrar su feminidad. No ha dormido en casa.

Por la mañana tengo los pelos totalmente electrizados. Después de tomar una ducha refrescante, Hermann y yo hemos desayunado juntos. Café solo y enormes trozos de sandía. También hemos cogido unos albaricoques del árbol del patio. La noche anterior, después del concierto de Sagran y Lou, hemos dormido juntos por segunda vez, con todas las ventanas abiertas.

Voy en bici con Katrin como si la víspera no hubiese sucedido nada. Hemos dejado a Hermann terminando de desayunar a la sombra del patio, pero llevo un trocito de él dentro de mí, cuesta abajo, a gran velocidad. Voy sin manos. La trenza de Katrin al sol es de oro.

Hemos pasado el día juntas y me ha contado historias de su infancia y su juventud. En las historias de Katrin aparecen madrastras toxicómanas y hermanastros alcohólicos, embargos, intentos de suicidio, violencia verbal y violencia física. Cuenta con distancia vivencias que a mí me parecen tremendas. "Perdona –me dice–, siempre estoy con los mismos rollos". A pesar de todo, sigo sin poder descifrar la cara de Katrin.

Antes de cenar voy a Schlachtensee a darme un baño con Hermann. Me ha parecido entrar en el escenario de un gran teatro; cuando todos se han marchado a casa, han apagado las luces y ha quedado todo en silencio. El cielo estrellado sobre nosotros es interminable. Al salir del agua, nos hemos dado cuenta de que no tenemos ningún condón.

Katrin necesita continuar hablando. Estamos sentadas en la cocina y tenemos toda la noche por delante. Hermann se ha quedado en su habitación, quizás esperándome a mí, pero nosotras tenemos para largo en la cocina. Hablamos entremezclando tres idiomas: inglés, alemán y castellano. Katrin sabe castellano porque ha crecido en Los Ángeles.

Le pregunto si se acuerda de la vez que bajó las escaleras chillando fuera de sí como para que la oyesen en Estados Unidos.

–Recibí un mensaje en el móvil, decía "no te quiero". Estaba a punto de salir de casa para encontrarme con él. Me puse delante del espejo, no sé si era yo la que hablaba a la imagen del espejo, o al revés. "No te quiero." A veces el extranjero da segundas oportunidades y, en contra de todo pronóstico, me enamoré en Berlín. Pero después de recibir su mensaje y chillar mi angustia, decidí hacer las maletas y volver a Nueva York. Él era el primero que me había hecho sentir algo desde que se me rompió en corazón en el año 2000. Hace cuatro años que entramos en el nuevo milenio, y todavía no he puesto en palabras lo del 2000. Huyo de los hombres y, al mismo tiempo, los seduzco. No sé cómo lo hago; las historias que les cuento los seducen, y tenemos sexo.

Katrin desnuda. No acierto si tiene la melena rojiza suelta o recogida en la trenza. La imagen con melena suelta, tiene mucha fuerza.

–Tenemos sexo –repite, y alza los ojos que suele tener caídos para asegurarse de que la escucho– y yo no siento placer. No siento nada. Eso es lo más difícil, vivir sin sentir nada. Cuando aborté me negué a mí misma la oportunidad de querer y de ser querida.

Katrin tiene que buscar las palabras para decir algo que nunca ha formulado.

–¿Por qué abortaste?

–Siempre creí que aborté porque Mathew me lo pidió mil veces. Pero, al fin y al cabo, yo me había quedado embarazada sabiendo que él no quería tener hijos. De manera que fui yo quien creó esa situación. Yo provoqué todo aquello. Ahora pienso que me quedé embarazada para transferir a otra persona una vivencia de mi infancia que tenía completamente reprimida. Hice al bebé lo que me hicieron a mí de niña: quise someterlo a la violencia y al sufrimiento que había vivido yo. Luego fui directamente a trabajar, sin sentir nada. Me quedé vacía y toqué fondo.

La cara del niño que no nació se ve en el rostro de Katrin cuatro años más tarde.

–Después del aborto perdí el interés por todo lo que hasta entonces había sido importante en mi vida. Destruir los sueños de uno acarrea pérdidas reales. Perdí mi identidad, incluso físicamente. El espejo me muestra cómo el tiempo anula la feminidad de mi cuerpo. Pero lo que me viene a la cabeza una y otra vez, es el incidente de la montaña. Todo era blanco cuando estuvimos en la montaña. Estábamos los dos solos en medio de ese paisaje impoluto. Hicimos la bajada de culo, contra los árboles, contra las rocas, monte abajo, sin sentir los golpes, locamente. Era un lugar de ensueño. Llegamos a aquella casa que tenía un árbol en el interior y pasamos allí la noche. Todo era inmejorable: la claridad que proyectaba la nieve en la noche, el color azulado en la piel de Mathew, el contacto con el aire frío. ¿Sabes lo que es sentir que en un balcón colgado bajo las estrellas estás mejor que en ningún otro lugar?

Evoco el baño que he tomado con Hermann hace unas horas.

–Estando abrazados en el balcón, le dije que le quería. Todo empezó con aquellos besos detrás de los arbustos del *camping* cuando yo tenía doce años y él nueve. Le hablé del amor que fue creciendo con cada verano. Quería que nos quedásemos un par de días más allí, para pasar juntos la Noche vieja que daría comienzo al nuevo milenio. Para que cuando nuestros nietos preguntasen, "¿Dónde estabais cuando empezó el milenio?", les pudiésemos decir, "Estábamos juntos, en un lugar rodeado de montañas nevadas". Y él no sabía cómo contarme que su plan era celebrar la Noche vieja emborrachándose con sus amigos en Chicago. "Quiero a toda la gente –me dijo al despertar–, quiero a la gente que va en el autobús, quiero a la gente que me cruzo en la calle, de la misma manera que te quiero a ti". Sus palabras me dejaron helada. Decidí ir a la ciudad más cercana a tomar la pastilla del día después.

–¿Ese fue el aborto?

–No, el aborto fue más tarde. Pero no puedo quitarme de la cabeza este precedente en la montaña. Allí fui entera, yo, por última vez. De camino hacia abajo, ya había empezado a romperme.

PREGUNTÁNDOSE SI ES POSIBLE querer a la que tiene frente al espejo, se quiebra como una escultura que se parte en miles de trozos al caerse. *"My heart broke in 2000"*, dice en inglés, y sugiere que se le rompió el corazón en 2000 trozos. 2000 pedazos para volver a juntar con la misma paciencia y obstinación con la que fabrica una escultura de varias piezas pequeñas.

–Para poder salir del hoyo, necesité: una crisis nerviosa, dos meses en el campamento del desierto en México, lecturas y lecturas, Nueva York, la Escuela de Arte y venir a Berlín. Para salir del hoyo, me he quedado sin casa. Tengo cajas de cartón en Los Ángeles, Seattle, Nueva York y Berlín. La casa, no sé dónde la tengo. –"Yo tampoco", pienso.

Algunos pelos sueltos de oro se deslizan sobre la cara de Katrin. Deshace su gruesa trenza para trenzar una nueva. Lo hace muy despacio, con mucho esmero, con amor. Hoy a la noche ha expulsado muchas palabras y estas dan forma a la voz interior.

–Me he propuesto ir a Nueva York a finales de verano, quiero meter las cajas que tengo allí en el coche y, de camino a Los Ángeles, recoger las que tengo en otras ciudades. Pretendo llegar a Los Ángeles antes de las elecciones, con todos mis fragmentos que tengo desperdigados aquí y allá.

Al día siguiente, Hermann y yo vamos a ver una obra de teatro para niños que han montado Katrin y dos amigas suyas. Por la mañana, Katrin ha colgado una nota en la cocina anunciando dónde y cuándo va a ser el ensayo general. Se ha alegrado mucho al vernos entre el público. Ella se encarga de la iluminación, pero también ha preparado todo el atrezo. De forma que Katrin no está en el escenario, pero es ella la que ha creado el mundo que allí se ve, con las gallinas, mariposas, árboles y barcos que ha confeccionado durante noches en vela. En algunos momentos he buscado la cara de Katrin, y no era ella la que estaba sentada sobre la alfombra. Había una niña sentada en el lugar de Katrin, eran los ojos de una chiquilla los que admiraban la obra. Dos chicas, un piano, una máquina de escribir, un texto rimado escrito hace doscientos años para ser cantado y los objetos hechos por Katrin, en una habitación de Prenzlauer Berg, creando un mundo, una tarde calurosa de verano. También A Hermann se le ha asomado un niño a la cara.

SECUENCIA DE SOBREMESA, PRIMER PLANO

CUESTA ARRIBA. Repasando palabras, miradas, gestos. Queriendo buscarles significado. Iba por la calle perdida en mis pensamientos cuando llama Frank. ¿Estoy en Berlín? Sí. "Pues mañana nos vemos. Un beso". Breve, desde el extranjero. A veces el teléfono da sorpresas así. Anuncia en el momento y el lugar más inesperado la llamada de un amigo que no has visto hace mucho. Me encantan esas llamadas.

Hace dos años, en verano, el día abriéndose en un patio. Nos conocimos en una fiesta alrededor de las seis de la mañana, cuando ya eran visibles todas las caras y todos los rincones hasta entonces escondidos. Aunque había llovido intensamente toda la noche, la luz de la mañana era suave. Yo recogía las botellas de cerveza desperdigadas por el suelo. Frank llegó a la fiesta con un mexicano totalmente borracho. El mexicano se quedó dormido en una silla y Frank se puso a hablar conmigo. Lo invité a una cerveza y, conversando de esto y de aquello, descubrimos que ya habíamos oído el uno del otro a través de un profesor de la universidad. A través de César. César, profesor de cine de sesenta y seis años, había venido de México hace cuarenta años a estudiar cine. El mexicano que había acompañado a Frank a la fiesta era amigo de César. B. y yo participábamos en un grupo de trabajo de César en la universidad y a Frank le hacía el seguimiento del guión que estaba escribiendo.

Frank lleva esperando más de un año, mandando el guión aquí y allá, haciendo reuniones, escuchando valoraciones. Recibe alabanzas muy a menudo pero luego añaden "Ahora no tenemos presupuesto suficiente". O le dicen que sí, que tienen mucho interés y que entran a producir. Y luego se esfuman. O le dicen que se olvide, que ese guión no tiene ninguna posibilidad, que una historia así no interesa a nadie. No les hace caso. Me fijo en que Frank aún no se ha rendido, que si viene a Berlín, será por algo relacionado con eso. Y no sé si sueña con algo imposible, y lucha en vano, o si, como no se rinde, conseguirá lo que parece imposible. Pero pienso, "Por lo menos tiene su sueño". Creo que el mío es muy diferente. Pero quizá no tanto.

En esta ciudad gris, se sumergió a escribir una historia situada en el Mediterráneo. La versión del guión que leí una semana después de conocer a Frank era buena, madura y elaborada. Desde el principio me sorprendió la confianza que mostraba Frank y la fuerza que eso le daba para tirar hacia delante. Yo tengo una relación muy diferente con todo lo que hago.

No esperaba una llamada de Frank, y mucho menos pasar una semana con él en Berlín. Esta semana que estoy tan sola con mis preocupaciones y mis miedos, podré hablar con un amigo que me conoce bien. Y calmará el vértigo que siento. Al día siguiente, pese a que yo también lo conozco bien, estoy desde la mañana esperando que aparezca. Pero Frank ha desaparecido en la nada.

El año que estuvo escribiendo el guión, Frank desaparecía a menudo. No se presentaba a las citas, no respondía al teléfono. Y por supuesto, no comía, no dormía. No salía de casa. O no regresaba, se perdía. Y luego pasaba a visitarnos o nos encontrábamos en la calle.

En un momento del día he deducido que le habrían surgido otros quehaceres antes de venir a verme. Por pasar el rato, me acerco al museo donde trabaja Mifu. Grandes pantallas con retratos grabados por Warhol en película de blanco y negro. Para mirar cómo sonríe uno, cómo traga saliva, cómo cierra los ojos. Una mano arreglándose el pelo, una boca mascando chicle. Uno llora. Otra se levanta y se va. La identidad se expresa en los pequeños gestos. Me viene a la mente el brillo triste de los ojos de Hermann. Cómo sujeta el cigarro, sin el menor temblor. Retratos que tienen la duración de una canción pop se proyectan a una velocidad más lenta que en la que fueron grabados, y el tiempo se dilata. Mis pensamientos también repasan los acontecimientos de los últimos días con ese ritmo lento, alargando momentos breves.

Mifu trabaja en el museo, y cuando tiene turno, entro gratis. También cuando yo estoy en el cine mis amigos pasan a ver películas. Frank ha visto así unas cuantas. Sobre todo el neorrealismo Italiano y la Nouvelle Vague francesa. Y Buñuel. Hoy a la noche me toca trabajar. Tengo a Mifu sentada a mi lado y estamos comentando la exposición de Warhol. En las noches de verano, pongo la película y me suelo sentar fuera. A menudo pasa algún conocido y se sienta junto a mí en el banco. Los que van sin un quehacer concreto o los que, de camino a algún lugar, cambian de planes. A veces nos juntamos un grupito, y se me olvida que estoy trabajando. Mifu me ha explicado que todos esos pequeños gestos de las personas filmadas, además, son gestos de desobediencia, ya que Warhol les pidió que se moviesen lo menos posible. Frank desfila frente al cine con una botella de cerveza en la mano como si no me hubiese visto. Tengo que levantarme del banco para ir corriendo hacia él y actuar como si estuviésemos en un escenario. Los ojos rasgados de Mifu se agrandan al ver nuestros besos y abrazos. Sabe que no nos hemos visto en mucho tiempo y que tendremos muchas cosas que contarnos. Hablaremos sin orden, saltando de un tema a otro, sin tiempo para rodeos. Así que se levanta para seguir con el paseo que pensaba dar, y nos dice adiós, que ya nos veremos otro día más tranquilamente. Después de estar todo el día sentada en el museo suele tener la necesidad de mover las piernas y respirar aire fresco. Le gusta comprar un helado, atravesar el parque e ir hasta el puente.

Frank está muy alterado. Puedo imaginar cómo se siente después de haber pasado el día dando vueltas por Berlín. Percibiendo todos los cambios de un golpe y recordando las vivencias de aquel año. Hace casi dos años que dejó Berlín porque tenía que terminar sus estudios. Yo también he vuelto después de haber estado fuera una buena temporada. Se puede decir que Frank está de viaje de trabajo. Sabe con quién quiere hablar y sobre qué. Yo no sé por qué estoy aquí; pero aquí estoy, haciendo y viviendo mi película. Somos muy diferentes, pero nos arreglamos bien. Con la distancia necesaria.

Me cuenta sus planes. Que la televisión alemana está interesada y que tiene una reunión con el encargado de producción. Quieren preparar un tráiler para presentar la película y quiere convencer a nuestro antiguo profesor, César, de que haga de cámara. Que ya ha hablado con él y que la semana que viene tenemos cita para comer juntos. "¿Tenemos?" ¿Es que no sabe que antes de que nos fuésemos de Berlín ocurrió algo con César?

Un hombre que lleva el pelo muy corto pasa por delante del cine, con un perro que le sigue por detrás. Nos saludamos.

–¿Ese no era uno de los dueños de la tiendita de la Choriner Straße?

–Sí. Ahora ha abierto una cafetería en la Kastanienallee.

–Han abierto cantidad de tiendas nuevas. El barrio ha cambiado muchísimo. –Frank echa de menos Berlín. Le gustaría tener una razón para vivir aquí–. Pero dime, ¿qué pasó con César?

–B. y yo le llamamos un par de veces y los dos tuvimos una sensación muy rara.

–¿Qué quieres decir con *rara*?

–Primero le llamó B. y me dijo, "Ha estado raro, ha dicho que ya nos llamará él la semana que viene". Le dije que eso no era raro, que andaría ocupado. Pero pasaron dos semanas y César no llamó. La tercera semana, llamé yo. Dijo que se alegraba por mi llamada, que su mujer estaba entrando en casa, que me tenía que dejar y que nos llamaría en los próximos días. Habló con distancia. Los próximos días no llamó. B. y yo nos fuimos de vacaciones y, cuando terminó el verano, volvimos a Berlín, pero con la intención de irnos a los pocos meses.

–Yo también me sorprendí. Tomasteis la decisión precipitadamente, ¿verdad?

–Sí. Ahora me parece que estábamos huyendo. Y nos fuimos sin despedirnos de César.

–¿Y eso?

–Pues nos quedó mal sabor de boca, pero no podíamos entender que él no hubiese dado señales durante los últimos meses.

–¿Pero cómo os fuisteis sin despediros de César? ¡Las cosas hay que hacerlas bien! La cuestión es que vamos a comer con él y que él se ha alegrado cuando le he dicho que iríamos nosotros dos.

–No sabes si se ha alegrado o si ha sido educado con su respuesta.

–Hazme caso.

Después de conocer a Frank, la relación que habíamos tenido hasta entonces con César fue cambiando. Adquirió otra velocidad. Vimos juntos prácticamente todas las películas de Ozu en el Arsenal y nos sumergimos en un mundo japonés durante casi dos meses, en pleno invierno, perdidos en las variaciones tanto de los personajes de Ozu como de sus historias. Aprendimos unas pocas palabras en japonés: *okasan, otosan, ohio, arigato.* A raíz de aquellas películas, discutimos mucho sobre la vida. Tres jóvenes y un señor mayor hablando sobre temas de la vida. Él tan joven como nosotros, pero habiendo acumulado todo tipo de experiencias. Si les daba tiempo después de salir del trabajo, también se apuntaban Mifu y Kike. Mifu tiene madre japonesa, y los hombres de las películas de Ozu eran de la generación de su abuelo.

César vino a cenar a nuestra casa; estuvimos hasta primeras horas de la madrugada tomando vino, y tuvo que llamar un taxi para volver a casa, en la otra punta de la ciudad. Fuimos juntos a mirar un nuevo modelo de cámara y nos ayudó a comprar nuestra primera cámara. También estuvimos en el piso de Charlottenburg de César, viendo fotos y vídeos. Teníamos un amigo de sesenta y seis años y yo no sabía hasta dónde se podía llevar la relación, no sabía dónde había que poner los límites, si es que había que ponerlos por esa diferencia de edad. Si había que cuidar las distancias. No voy a decir que todo se explica con lo de la edad. Tengo esa tendencia; me cuesta tomar la distancia adecuada. Muchas veces, por miedo a acercarme demasiado, suelo necesitar mucho tiempo para avanzar en una relación.

Con Frank fue fácil. Aunque nuestra actitud frente al mundo es bien diferente, nos contamos muchas cosas en poco tiempo. Él estaba tan seguro, mostraba tan claramente que no se iba a conformar con poca cosa, que no me dio oportunidad de andar con miramientos.

Un viernes por la noche, al poco de conocernos, tuve un encuentro casual con Frank, y no supe cómo reaccionar. Estaba en la cama, enferma pero con fuerzas suficientes para ver una película. B. estaba trabajando. Me puse el abrigo y el resto de la indumentaria invernal, y fui andando a Negativeland. Cuando llegué al videoclub de culto de nuestro barrio estaba empapada en un sudor producido por la fiebre. No sé qué película escogí, no me tomé el tiempo que suelo tomarme en curiosear entre las baldas. Cuando estaba a punto de salir del videoclub, entró Frank a devolver una película. No era extraño que el primer encuentro fuese en Negativeland. Con todas las ropas de invierno encima y sudando, no tenía en mente otra cosa que llegar a casa cuanto antes. Quizá hubiese sido lógico conversar un rato, ir a tomar una cerveza o preguntarle si le apetecía venir a ver la película. Pero en seguida di por terminada la conversación y le dije que iba a casa, que tenía fiebre. No sé si me creyó o si pensó que me escapaba con una excusa para evitar la situación. Luego él lo bautizó como *nuestro encuentro raro.*

Tuvimos asimismo malentendidos y discusiones. Nos enfadamos más de una vez, lo saqué de sus casillas y me sacó de mis casillas. Una noche, después de que B. y yo pasáramos toda una tarde esperándole, le manifesté, "Nuestra relación puede funcionar pero sabiendo que no puedo esperar gran cosa de ti". Lo que dije le hirió de verdad, que no podía esperar nada de él y que entonces irían bien las cosas. No muy agradable, lo sé. A Frank siempre le sucede algo para no aparecer cuando tiene que aparecer. Y yo no sé si realmente le sobrevienen los contratiempos o si es tan bueno inventando las historias más insólitas. Pero Frank necesita la libertad de no estar, de desaparecer.

Una noche antes de que él se fuese de la ciudad, esa noche digamos de despedida, quise de alguna manera reparar el daño causado. Sin mentir, pero le hice saber que, a pesar de lo dicho, le estimaba igual.

Pasó un año hasta que nos volvimos a ver en Barcelona. B. y yo estábamos viviendo allí. Frank se había enamorado de una chica de Barcelona y vino a visitarla un fin de semana. Frank se enamora y se desenamora fácilmente. Como diría César en la comida, todas las novias que ha tenido hasta ahora son intercambiables para él. A Frank no le gusta oír eso.

En Barcelona pudimos comprobar que, aun sin vernos, entre nosotros había algo que no cambiaba. Que, sin saber ni cuándo ni dónde, nos volveríamos a juntar, seguramente otra vez para poco tiempo. Estas relaciones nos aportan fuerza en estas vidas nuestras colgadas del aire.

Eso que no sabíamos cuándo ni dónde iba a ser, ha sido en Berlín para sorpresa de ambos, antes de lo que pensábamos. Mientras estoy trabajando en el cine, atenta a cambiar los rollos de una copia en 16 mm de *La Notte*, hemos repasado todos los temas muy rápido, pero mencionando lo necesario. Me dice que no me preocupe por la comida con César, que él sabe que no ocurrió nada. Preocuparme, no me preocupo, ya que me siento con suficiente calma como para preguntarle directamente a César qué sucedió.

–Este verano me siento con la calma suficiente para hacer frente a muchas cosas. Si hace falta, estoy preparada para una metamorfosis.

–Me alegra oírte decir eso. Te noto en busca de algo que te falta y no tienes que tener miedo. Pero no hagas tonterías.

–Los cambios ponen todo patas arriba.

–Te voy a explicar mi idea de la foto mental. Yo lo veo así: cada uno tiene la foto mental de su ideal, con la gente que le gusta, la luz que le gusta, la composición adecuada. Tiene dos opciones: hacer todo lo posible para conservar esa foto ideal, ordenando y aceptando todo lo que pasa en la realidad según esa foto; o si no, hacerle un hueco a lo que va surgiendo, es decir, estar dispuesto a rehacer la foto constantemente. –No hay duda de que Frank es partidario de la segunda opción–. Te veo con la valentía necesaria para ello. –Teóricamente yo también. Pero creo que en la práctica me cuesta más que a él aceptar las cosas según vienen. Muchas veces, las visitas de los amigos se presentan en el momento más adecuado.

A la noche, tumbada en la que estos días es mi cama, escucho el sonido de las bicis y de palabras sueltas en la calle. Decido hacer mañana una llamada que estoy retrasando.

Frank no tiene teléfono y, por lo tanto, durante los días que está en Berlín, yo no tengo manera de comunicarme con él; es él quien me tiene que contactar. Como no llamó en unos días, pensé que habrían hecho la comida sin mí. Que Frank ya se inventaría luego una excusa para no haberme avisado.

Dispongo de mucho tiempo para estar sola, para hablar con mis monstruos y mis voces escondidas. El día ha transcurrido nublado, pero hace una noche agradable y decido dar un paseo. Las terrazas están a rebosar, hay gente sentada en todas las esquinas. Camino en dirección a Negativeland.

–¿Qué te apetece ver? –El señor del videoclub me intuye perdida entre las baldas.

–Tengo ganas de ver un diario –le contesto con una determinación que lo desconcierta.

–¿Un diario...? Ven conmigo... –Me pone una película en las manos; la historia de amor de dos mujeres.

–¿Y cómo relacionas esto con un diario?

–Se basa en una narración de una mujer en primera persona. Te la recomiendo.

Con la caja en las manos, me acerco al mostrador. Ahí hay otro chico sacando las películas. El dueño me sigue por detrás.

–¿De verdad que la vas a coger?

–Sí, ¿por qué no? ¿No debería? –Dudo si no me habrá tomado el pelo con la recomendación.

–No, no es eso.

Me parece que está sorprendido por la facilidad con que he aceptado lo que me ha colocado en las manos.

–Si no me gusta, otra vez no te haré caso.

Se ríe.

–Mañana estaré a partir de las seis, puedes venir a darme unos golpes con la caja en la cabeza.

Antes de ir a comer con César, veo a Frank una vez más. Como si supiese que estoy trabajando en el cine, ahí se presenta y entra a ver *Blow Up*. Al acabar la película, yo también he terminado mi turno y vamos juntos a cenar un kebab. Me cuenta cómo le van las reuniones. Cada reunión es como pasar una prueba. Le pregunto de dónde saca la fuerza. Me ha dicho, "Del deseo de poder ver este guión en imágenes". Muchos directores de cine cuentan en sus entrevistas que el deseo de hacer una película se convierte en *necesidad*. A mí a veces me falta el impulso necesario para seguir con mis cosas.

Dice que debería irse a casa y a mí me gustaría llegar a Negativeland antes de las doce para devolver la película. Estos días Frank está viviendo con una de sus ex novias. Hacemos juntos un tramo del camino y le cuento que me tienta la idea de quedarme embarazada. Con toda ligereza. Con demasiada.

–¿Qué se os mete a veces a las mujeres en la cabeza? ¡No sabes ni tú lo que estás diciendo!

No, lo digo sin saber. Y eso es lo preocupante, ponerme a pensar de dónde surge este deseo.

–Sira, tómate tu tiempo. El niño ya esperará. Tú ahora tienes que hacer otras cosas, tienes que aclarar varias cosas contigo misma. –Se queda mirándome largo tiempo, como queriendo adivinar algo en mis pensamientos. Su mirada me ayuda a sentir el suelo porque busca un contacto con mi interior.

Al llegar al punto donde se separan nuestros caminos, me pregunto qué le parecerá a la chica que está en casa esperándole el que Frank haya pasado toda la tarde conmigo. No sé qué tipo de relación tienen, pero ella tampoco sabe cómo es la nuestra y, sin saber nada, es posible que esté intranquila.

Llego justo a Negativeland, el dueño está acabando de ordenar las baldas antes de cerrar.

–No era del tipo de lo que yo buscaba… pero no está mal.

–Así que no te ha convencido del todo…

Le respondo con un movimiento de hombros y una sonrisa.

–Voy a cerrar la tienda, ¿te apetece tomar una cerveza por aquí cerca?

Me tomo tres, cuatro, quizá cinco cervezas sentada en la calle con el dueño de Negativeland.

Al día siguiente tenemos la comida con César. Con un leve dolor de cabeza y la mente entre dos mundos, llego a la cita antes que Frank. Según bajaba por la Potsdamer Straße en bicicleta, he pensado: "Espero que Frank ya esté allí". No es nada realista, pero me parece que, si así fuese, todo sería más fácil. Al mismo tiempo, si yo llego antes, tendré la oportunidad de medir mejor la reacción de César.

Al llegar a la altura de la universidad, advierto a César de espaldas. Lo reconozco por la visera, por su andar, por su manera de llevar la bolsa colgada al hombro. Parece un director de cine. También reconozco los pelos blancos que asoman por la visera. Se dirige al restaurante donde ya hemos estado comiendo alguna vez. Sin pararme a pensar, pedaleo con más fuerza y, según me estoy acercando a él, grito "¡César!". Tengo que gritar tres veces hasta que se da la vuelta. El encuentro no es muy caluroso. César nunca ha sido entusiasta en sus reacciones. Incluso cuando ha mostrado sus emociones, lo ha hecho siempre sin mucho ardor, hablando tan lento y bajo como siempre, dando a entender que no le gustan las exageraciones. No puedo saber si ya era así en México o si se ha vuelto así aquí. Me mira de arriba abajo y en seguida me hace el análisis. No con la mirada rigurosa de un hombre de ciencias, sino con la profunda mirada del observador que ama el cine. Sin embargo, señala: "Has cambiado de peinado"; como si me hubiese visto la semana pasada por última vez. "Así que aquí estás de nuevo..."

Me basta el camino al restaurante para contarle en qué estado de ánimo me encuentro y en qué ando trabajando. Me asombra con qué pocas frases lo he logrado, me sale sin esfuerzo alguno. Le digo que me siento feliz en Berlín, que he venido para unas semanas con la intención de empezar un proyecto, pero que me he dado cuenta de que necesitaré más tiempo. Que en pocos días se han tambaleado muchas cosas y que me ha tocado hacerles frente. Me pregunta por B., si él también está aquí. Le respondo que he venido sola y que los últimos días no he podido hablar con B., porque no sé qué decirle por teléfono. "Pues no le llames hasta que no sepas lo que tienes que decirle", me dice. Y tengo la impresión de que lo ha entendido todo con lo poco que le he dicho.

Sentados en el restaurante, antes de nada, tengo que preguntarle qué sucedió.

–¿Sucedió algo? –dice como un niño pequeño, haciéndose el inocente.

–Creo que sí, pero no sé qué. Sospecho que algo no te gustó.

–¿Estás segura? No sé qué pasó. Nada. Pero os fuisteis sin decir nada.

–¿Ves? Así que sí pasó algo.

–Creo que no tenía que ver con vosotros. A veces, a uno le ocurre algo y los demás piensan que es por su culpa. ¿No crees?

–Sí.

Es demasiado esperar que César me cuente qué le ocurrió. Le creo porque no me ha pasado por primera vez. Pero sí por primera vez con un hombre de sesenta y seis años. En estos casos, en vez de pensar inmediatamente "Se ha enfadado conmigo", se debería pensar "Está pasando una mala racha" y demostrar que uno sigue ahí. Pero en esta ocasión la metedura de pata fue doble, porque no supe ver al amigo de sesenta y seis años como cualquier otro amigo. Yo lo discriminé por la edad, cosa que él nunca había hecho.

Las manos de César, sobre la mesa, mueven primero un dedo; luego, por turnos, todos los demás. Parece que las palabras que no dice se le deslizan entre los dedos. Acaricia con las puntas las manchas oscuras de la piel.

–Me estoy haciendo viejito –dice, su sonrisa de niño en los ojos–. A veces me doy cuenta de cómo muevo las manos para ayudar a las palabras. Se me mueven solas, con vida propia. Y sé que es la misma manera que tenía mi difunto padre de moverlas. –César alarga las cosas con las manos, las acaricia, sujeta los asuntos delicados–. Siento a mi padre en el movimiento de las manos. Pero no lo conocí. Muchas veces me pregunto cómo hubiese sido nuestra relación. Creo que soy como él. –Veo frente a mí a un hombre que todavía reconoce y descubre facetas de sí mismo–. Igual que mi hija también ha heredado muchas cualidades de su madre –dice luego, sin alegrarse por ello.

Mirándome, y seguramente pensando en lo que le dije de camino al restaurante, apunta:

–Te siento cambiada.

–¿Lo dices por el pelo?

–No, más calmada.

Sí, tengo una paz interna en medio de mi crisis y, al parecer, es esa paz la que se ve desde fuera, y no la crisis. B. no ha venido a Berlín conmigo. Es diferente estar en Berlín sin él. Casi siento que soy otra persona. Y, para empezar, estoy haciendo frente a eso. La manera de vivir y de mirar es otra, y es posible que este verano esté viviendo un proceso de metamorfosis. Algo similar a vivir un embarazo. Había perdido el contacto, y no solo con César; también conmigo misma.

Para cuando llega Frank, César me ha contado asimismo a qué se ha dedicado él este año. Ha estado haciendo cosas nuevas, ha gozado con una manera de filmar nueva para él. Y me lo cuenta con el brillo de los ojos con que lo contaría un niño. Luego precisará que lo que ha estado haciendo, o lo que está haciendo, es presente. No hay tanta gente de sesenta y seis años viviendo el presente.

Cuando aparece, también a Frank le hace un comentario sobre su peinado. De alguna manera, Frank está más estilizado. El pelo corto, pero no demasiado, gafas de diseño moderno, pantalones atrevidos. La combinación a tres funciona bien. Hay mucha cercanía entre Frank y César; entre Frank y yo también; entre César y yo, no tanta, pero cada vez más según avanza la comida. Por momentos, me parece que todo lo que dice César lo dice para mí. Porque todo lo escucho en conexión con las cuestiones que me rondan la cabeza.

Frank en seguida saca el tema; quiere que César haga la cámara de un tráiler para presentar la película. Me he acostumbrado al estilo tan directo que tiene Frank de pedir las cosas. Lo hace bien, sabe cuál es el discurso que debe poner en marcha y cómo adaptarlo en la dirección adecuada. Yo no sé. La reacción de César es interesante. Frank quiere hacer "una película de verdad"; en 35 mm, un productor detrás, iluminación, cierta textura, actores estupendos. César duda si merece la pena estar con un proyecto esperando todos esos requisitos. Hace veinte años trabajaba así, y ahora no le interesa, no tiene ganas. El año pasado crearon un grupo entre tres y, delante de Frank, describe por segunda vez la experiencia enriquecedora de la que ya me ha hablado antes a mí. Han hecho dos películas con cámaras digitales. Le atrae trabajar con los recursos que uno tiene a mano y sacarles el máximo provecho. Cita por lo menos a Godard y a Cassavetes. Compara su grupo con una banda de improvisación de música: primero acuerdan unas bases y, a partir de ahí, cada uno hace lo que le sale de dentro, y de ese trabajo en grupo sale algo bonito. *Lindo,* dice. Y que ese tipo de creaciones son el presente. Hacer lo que uno quiere sin ser esclavo del dinero, sin tener que arrodillarse ante los límites que pone un productor, sin estar bajo las leyes de las distribuidoras. El mexicano de sesenta y seis años ha llamado presente a una manera concreta de trabajar, y me ha hecho feliz. De todas formas, César no se niega por completo. Dejan el tema para más adelante.

La conversación me anima a decir a César que me gustaría comentar con él el proyecto que tengo en mente.

–Podemos encontrarnos dentro de dos semanas –me dice–, voy a Estocolmo a dar unas clases y aprovecharé para visitar a una amiga.

–¿Esa amiga tuya que hace esos videos tan hermosos?

–¿Qué videos? –quiere saber Frank.

–Una vez César nos enseñó unos videos de imágenes muy enigmáticas, hermosas.

–Sí, eso es, de Astrid. Tengo ganas de visitarla, vive en un pequeño pueblo cerca de Estocolmo. Es muy solitaria, mete un sinfín de horas editando. Para editar el sonido suele necesitar el doble del tiempo que necesita para la imagen. Trabaja cada pieza como una piedra preciosa. –César es de otra generación, pero también él tiene amigos en Barcelona, Nápoles, San Francisco. Ya me gustaría a mí conocer a la mujer sueca que es amiga de César desde hace mucho tiempo. Frank se queda con las ganas de ver los trabajos de Astrid, pero no suele ser fácil ver ese tipo de películas. Recientemente las han programado en el MoMA.

Antes de que yo marche a trabajar, nos da tiempo de hablar sobre relaciones amorosas. Escogemos una película que nos proporciona un universo común para el tema que estamos tratando. Frank elige *Le Mépris* como punto de partida; no estoy segura de que no hayamos echado mano de esta película "comercial" de Godard en otra ocasión. Godard examina el declive de una relación. Cuando el hombre hace lo que la mujer le pide, su debilidad queda al descubierto, y esta le pierde el respeto. Lo que hasta entonces era amor, se convierte en desprecio.

–Me tienes que explicar –reclama Frank–, como mujer que eres, y perdón, sé que no sois todas iguales y todo eso, lo sé; pero quiero que tú me expliques, por qué Camille de pronto desprecia a Paul, cuando él acepta el trabajo de guionista y se van a Capri.

–Camille ve que Paul le ha comprado el piso que ella quería, que acepta el trabajo de guionista porque ella se lo pide... La relación pierde interés.

–¿Oyes lo que dice? –Mira a César, resentido. César sonríe travieso–. ¿Oyes cómo son? Cuando consiguen lo que quieren de un hombre, se largan, ¡adiós muy buenas!

–¡Y quién ha dicho que esa sea la relación perfecta! Pero cuando el poder entra en juego... pierde el amor. Y lo siento, pero el poder entra en juego cuando la relación es fría, ¡y no me dirás que Paul no es ciego! Una vez que acepta el trabajo, para el bien de su carrera, consiente que el productor lisonjee a Camille de la manera más obscena, ¡delante de sus propios ojos! ¡La vende!

–¿Y qué es lo que debería hacer? Si no acepta el trabajo, es un perdedor, no tiene dinero suficiente para pagar la vida de lujo que exige la princesa. Y si acepta el trabajo, ¡pierde a su esposa!

Me sale la risa. Medio siglo después, parece que todavía es difícil ser hombre. César ha reído conmigo. Detrás de las gafas, los ojos de César recuerdan. ¿Estará repasando una escena de la película o de su vida?

–¿Sabéis con lo que me encontré ayer a la noche cuando llegué a casa? –Frank tiene una escena de la víspera en la cabeza.

–¿Una chica celosa? –Yo también la puedo ver.

–¿Cómo lo sabes?

–Ayer, cuando nos despedimos, pensé que quizá la italiana estaría impaciente.

Frank agita la cabeza.

–¿Podéis entender por qué tiene que empezar a crear mal ambiente, sabiendo que tenemos pocos días para estar juntos? ¿No podemos alegrarnos por estos días y gozarlos?

Yo entiendo a la chica y entiendo a Frank, a los dos. César escucha la conversación y en un momento le dice, "Esta te conoce bien". Frank no entiende por qué las mujeres con las que se relaciona quieren tenerlo siempre todo atado, todo bajo control, todo claro.

–¡Quiere que yo me quede aquí! Tienen la necesidad de estar con alguien, con cualquiera; no saben llevar la soledad.

César murmura entre dientes, "Todos estamos muy solos", pero no lo dice en tono melancólico, simplemente lo afirma. En la ciudad hay mucha gente sola. Y nosotros, de una ciudad a otra, sin saber dónde parar, sin saber si tenemos la osadía para asentarnos en algún lugar, sin saber cuáles son las razones para quedarse. Para Frank, la única razón es la película que quiere hacer. "Las mujeres quieren tenerlo todo atado", repite. "Todas esas mujeres son intercambiables para ti", le lanza César. Frank lo niega a modo de defensa, porque se siente atacado: que no son intercambiables, que es diferente con cada una. Pero Frank querría sentir que no son intercambiables.

Tanto Frank como yo, hacia el final de la sobremesa, hemos apuntado unas palabras sueltas cada uno en su cuaderno. De alguna manera, el tema de la distancia es clave en el cine y en las relaciones: cuánto acercarse a una persona y cómo acercarse, cómo mantener las relaciones cuando la distancia es física, qué hacer cuando esa distancia no es física. Tanto Frank como yo apuntamos las últimas palabras de una frase de César, para que no se desvanezcan: "… cuando la distancia te alimenta, cuando la distancia no es una amenaza…".

Me levanto de la mesa para ir a trabajar y los dejo discutiendo la posibilidad de hacer una grabación en 16 mm, ya que puede dar la calidad que busca Frank y permitiría a César tener la libertad que le da una cámara digital. Es algo que deben negociar entre los dos, y me ha parecido buen momento para retirarme. Las palabras de César que llevo escritas en el cuaderno azul, juraría que las ha dicho para mí. Pero Frank también las ha apuntado. No sé si cada uno habrá hecho su propia interpretación, ya que Frank y yo somos bastante diferentes. Pero la sensación ha sido que en ese momento los tres hemos comprendido algo que en realidad es muy escurridizo.

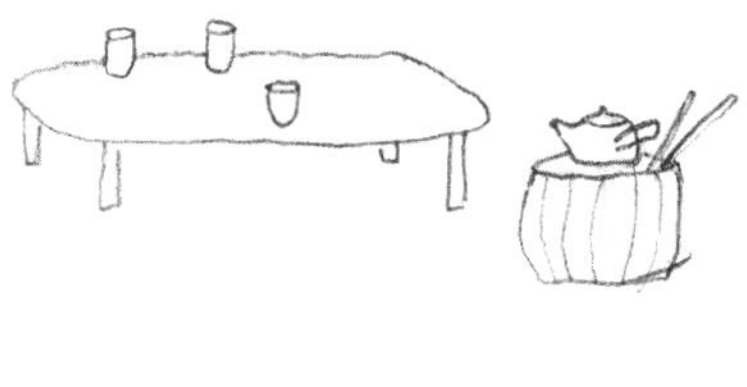

DOS HABITACIONES

Los espacios tienen la capacidad de contar historias. Kike y Mifu han cambiado a menudo de casa. Cada mudanza mueve la historia en una dirección.

La mañana de domingo es soleada; la cocina está fresca. En días bochornosos la mayoría busca los lagos, un rinconcito libre en alguno de ellos, y somos pocos los que nos quedamos entre casas o dentro de casa. El ritmo de la ciudad se aminora y se perciben los detalles más pequeños. Hace cinco años que nos conocimos, cuando en 1999 vine a Berlín por primera vez.

Han pasado cinco años desde que llamé a Kike desde Bilbao para decirle que venía a Berlín. Cinco años desde que llamé a un desconocido para preguntarle por un lugar donde dormir el fin de semana. Me imagino a Kike en su estudio de Charlottenburg: suena el teléfono, la voz de una chica joven al otro lado, desde Bilbao, nerviosa, explicando como puede su situación, buscando un lugar donde poder dormir el fin de semana. Y la respuesta de Kike, "Voy a recogerte al aeropuerto".

Aquella primera vez que leí Berlín-Tegel, estas palabras no tenían ningún significado. Sin saber dónde aterrizaba, sin sospechar lo que era Berlín, de la manera más despreocupada posible de hacer las cosas, salí de la sala donde se cogen las maletas, y Kike y una chica de aspecto *hippie* se me acercaron directamente.

–Al principio pensé que la que estaba contigo en el aeropuerto era tu novia.

–Fui a recogerte con Mireia para que el primer contacto fuese más cómodo. No te lo he dicho nunca, pero mientras te esperábamos, mirando a la gente que salía con las maletas, Mireia y yo pensábamos, "Si es esa, nos vamos sin decir nada". Y luego, saliste tú.

–¿Y cómo supisteis quién era?

–No eran tú, hasta que saliste *tú*.

"¡Hola, Sira!", saludó Kike sonriente, y la sonrisa de la chica junto a él era aún más amplia. Yo no podía, estaba demasiado agarrotada para poder sonreír como ellos. Pendiente de un hilo, entre el miedo y la despreocupación. Kike cuenta que pasé casi todo el fin de semana sin pronunciar palabra, metida en mí misma, mirando todo desde un agujerito, asustada y alterada al mismo tiempo, sin poder creer. Me acuerdo del camino del aeropuerto a casa, de la ciudad que contemplé cuando nos bajamos en Zoo: la oscuridad bajo el puente del tren y los restos de la marginalidad de los ochenta. Ese primer Berlín que vi, no sería la ciudad que yo iba a vivir. Porque una ciudad tiene muchas ciudades dentro de sí.

Kike vivía en Charlottenburg, en el oeste. Durante mucho tiempo, no conocería a nadie más que viviese en ese lado de la ciudad. Era un estudio de una sola habitación que contaba con dos alturas gracias a una cama alta. Las camas altas eran algo nuevo para mí. Y deseé inmediatamente tener una cama así. El estudio también se beneficiaba de un balcón. Un balcón pequeño con una rosa plantada en una papelera de plástico y lleno de comida que debería estar en la nevera. Me pareció un espacio soleado bien aprovechado.

La ventana de la cocina está abierta y se escuchan pasos en el patio, insectos entre los albaricoques.

–El espacio de Kike invitaba a estar.

–Los espacios de Kike siempre invitan a estar, a quedarse. –admite Mifu.

Sí, pero ella, por si acaso, abandonó el estudio de Charlottenburg.

–"... la reina del mar no sabe nadar", ponía en la pared con dados de letras dentro de una caja.

–¿De eso te acuerdas? Kike siempre ha tenido multitud de objetos con letras. Le gustaba cambiar las frases de la pared, las del contestador automático...

–Yo creo que lo hacía para ti. Que te regalaba esas palabras.

–¡Oh no! ¡Esas son cosas que hace para él!

Sí, Kike tiene razón, los primeros días estuve asustada. Desde el agujero de mi escondrijo observaba los objetos colgados en las paredes: el primer libro de la colección de Barrio Sésamo en su cartón de colores, sin abrir; varias Barbies en diferentes posturas, sin piernas, sin cabezas; la foto en blanco y negro de Mifu en la cama alta, junto al colchón; rodeando la habitación, el cielo gris de Berlín en fotos y cruzando ese cielo gris, el rastro de un avión. "¿Habrá cielos tan grises?", pensé. Y Kike me puso *El cielo sobre Berlín* en vídeo para que contemplase las imágenes sin sonido. Vi ángeles paseando por un puente, tomando café en un Imbiss, descubriendo qué es el amor en un circo que se ha instalado en un solar vacío. Las formas del juego dominaban el estudio de Charlottenburg y no me percaté de los monstruos acurrucados a sus sombras.

–El domingo por la noche, Mifu llamó por teléfono. Os dije, “Mañana viene Mifu”. Y tú no preguntaste quién era.

–No. Pero esa misma noche la vi por primera vez, en una foto en blanco y negro. La última noche que compartí la cama alta con Mireia.

La mujer que miraba a la cámara parecía la actriz de una película asiática. Desde un lado de la cama, velaba las pesadillas del que dormía. “¿Esta es Mifu?”, pregunté. Mireia me dijo que sí. “Es de Santander, pero tiene madre japonesa.” Y durante una temporada, para mí Mifu se quedó igual de borrosa que en aquella foto.

Han transcurrido cinco años desde entonces. Estamos sentadas en una cocina que se mantiene fresca, repasando una historia estructurada por las mudanzas. La historia ya puede coger la dirección que quiera; yo sé que fue Kike quien vino a recogerme al aeropuerto y quien me guió en mis primeros paseos por la ciudad. Y sé que aquellos primeros paseos fueron el punto de partida para mi modo de vivir Berlín. Cuando yo llegué, Mifu estaba de vacaciones en Santander.

Mireia era una amiga de Kike de Iruña que estaba de visita por unos días. Aquellos paseos del fin de semana estaban pensados con mucho mimo para enseñarle la ciudad a ella. Pensados con mimo, pero se adaptaban constantemente; porque reclamábamos un café para entrar en calor o porque un niño nos invitaba a jugar con la pelota. Ahora yo también sé qué es vivir en Berlín y recibir la visita de un amigo; querer mostrar dónde y cómo vives, qué es lo que se comparte en esos paseos, qué es lo que se puede romper cuando no funciona. Kike me pregunta:

–¿Es que alguna vez se te ha roto algo en algún paseo?

–Sí.

–¿Ah, sí?

–Sí, y luego no lo arreglas.

–¿Por qué no?

–Porque habría que decir demasiadas mentiras.

La excursión del primer día fue acceder a un mundo inesperado y saber al momento "Yo estoy bien aquí". Sin sospechar que existía algo así, entender de golpe "Este lugar es para mí". O quizá, "Aquí hay un sitio para mí". La excursión del próximo día me confirmó esta corazonada. Y quizá, puede que sea decir demasiado, pero quizá, fue entonces cuando decidí, "Quiero enamorarme aquí". Quizá tomé entonces la determinación de enamorarme aquí y, quizá, empecé a buscar en aquel mismo momento. Quién sabe.

Aprendí con Kike cómo se mueve uno por la ciudad, qué hay que hacer para encontrar lo que estás buscando. Descubrí que el cielo gris de las fotos de Kike era real y que, paseando bajo aquel cielo gris, se podía soñar.

Hoy el cielo es azul; un verano del todo azul. El verde de los albaricoques bajo el sol se está volviendo naranja. El zumbido de los insectos aspira a participar en nuestra conversación. Hoy el sol tiene la ambición de apropiarse de cada rincón y ya ha alcanzado los delgados brazos de Mifu.

–De vuelta de las vacaciones, cuando llegaste con tus bolsas, para mí no estaba nada claro si vivías en el estudio de Kike o en otro lugar. –Mifu llegó inadvertida, sin hacer ruido, como de puntillas. Diciendo, "Yo no estoy aquí"–. Te veía siempre en el estudio de Charlottenburg, pero tú lo llamabas *la casa de Kike*.

–Sí, ¡es que era de Kike!

–Pues él siempre decía *nuestra* casa.

KIKE HABÍA VENIDO a Berlín medio año antes que Mifu. Hasta que ella llegó, él vivía en un piso que daba a Helmholtzplatz con una chica alemana, en una casa que se calentaba con carbón.

–Cuando tú vivías en Helmholtzplatz, todavía estaba todo el entorno sin renovar, ¿verdad?

–Sí, al poco tiempo empezaron a transformarlo. Las ventanas de mi cuarto eran demasiado viejas y no cerraban bien. Imagínate en invierno. La corriente fría se sentía hasta debajo de las mantas por la noche. La corriente venía de Rusia.

–¿De Rusia? ¿Cómo sabes?

–Porque los vecinos también eran rusos. Después de vivir en Berlín durante cuarenta años, cuando se le murió el marido, la señora de ochenta años hizo las maletas. Al preguntarle a dónde iba, me contestó "Me vuelvo a casa". Imagínate. Mientras se subía a un taxi con dos maletas, me anunció: "He dejado el piso abierto, coge lo que quieras. Yo me vuelvo a casa".

–¿Y cogiste algo?

–Sí, por ejemplo lo que en la época comunista llamaban "mesa multiusos".

Cuando Kike se mudó al estudio de Charlottenburg antes de que Mifu llegase a la ciudad, se llevó la mesa con él. Los primeros meses vivieron juntos en aquel pequeño estudio. Las letras y los colores juguetones de las paredes tenían otras letras a la sombra. Las palabras que decía Mifu no se oían, no tenían sitio. Cuando volvió de Santander, en el estudio de Kike: una visita, Mireia, y dos desconocidas que acababan de llegar a la ciudad, Maite y yo, que veníamos de Bilbao a estudiar durante un año. Nos presentábamos casi cada noche a pedir consejos. Mifu bloqueada. No sabía qué hacer con sus bolsas. Coger de la misma un avión de vuelta. Quedarse en el estudio de Kike. Empezar a buscar casa. Sus bolsas seguían sin abrir en un rincón del estudio. Todo a la vez en un piso chiquito de Charlottenburg.

UNA VOZ habla al teléfono:

–La reina del mar.

–¿Las reinas del Mal?

–No, no es aquí, se habrá confundido.

EL ÚLTIMO FIN DE SEMANA de la estancia de Mireia, Kike, Maite y ella fueron a Dresde a pasar el día. Me quedé en mi habitación de la residencia de estudiantes, y nevó por primera vez. Mifu también se quedó sola en el estudio, llenando hojas y hojas con *aaaaaaas* negras de diferentes tamaños colocadas en línea o sueltas. Gritando. *Aaaaaas* negras dentro de la habitación y los primeros copos de nieve en el exterior. En vez de empapelar todas las paredes del estudio con aquellas hojas, las guardó en una carpeta, y esa carpeta en otra más grande. Pude ver aquellos dibujos algunos meses más tarde, cuando abrimos las carpetas en la habitación que tuvo Mifu en Mitte.

Recuerdo el patio de casa de Mifu mientras llovía. El cielo gris hundido en él y un árbol grande desnudo, erguido en medio de aquel espacio de cemento vacío. En aquel entorno sin color, flores amarillas que anunciaban el comienzo de la primavera.

–¿Recuerdas las fotos que sacamos desde la ventanilla de las escaleras?

Mifu asiente con la cabeza, "La chimenea y la lámpara", bajito. Por supuesto que se acuerda, pero yo quería sacar a relucir aquella tarde lluviosa que nunca mencionamos. ¡Qué tarde tan sencilla, aquella en que vaciamos su habitación entre las dos!

Me llegó un rumor de que Mifu tenía una habitación propia. Aunque solo estuve una vez, recuerdo muy bien las piezas del universo que encontré allí: una tetera hecha por ella en un curso de cerámica, dibujos pinchados en las paredes con agujas, las plantas que lucían en la ventana y un colchón que descansaba sobre el mueble de metal.

–Esa habitación era desagradable. ¡Cómo odiaba esa habitación! –ha tenido que decir Kike cuando le he nombrado la habitación de Mitte.

–Pues yo vi el mundo de Mifu por primera vez, y en aquella habitación empecé a conocerla.

–Odiaba sobre todo la cama, ¡ese colchón insufrible, puesto sobre aquellos cajones de metal! ¡No se podía hacer nada en aquella cama! Para ser justos, no se podía hacer nada en aquella habitación.

Aquella habitación es un asunto desagradable para Kike. Una secuencia para cortar. Sin embargo, fue real y a mí me resultó atractiva. Pero hay que considerar qué significaba esa habitación para él. Hay que pensar qué está pasando cuando Mifu dice, "Necesito una habitación para mí", y se pone a buscar piso y, sin pedir ayuda a nadie, saca sus pertenencias de la casa de Charlottenburg para llevárselas a una habitación que va a ser suya. Qué es lo que la empuja a eso. Qué está diciendo con eso. Y qué está silenciando.

"Pues vete", le dijo Kike cuando ella le informó de que estaba buscando piso. Le dijo "vete" queriendo decir, "para no volver". Cómo se cierra la puerta del estudio de Charlottenburg, cómo Mifu hace las llamadas a los números de los anuncios, cómo cae la nieve en los patios de las casas que visita. Todo eso también hay que imaginárselo porque son detalles que se quieren borrar. Porque nadie sabe cuáles serán las consecuencias de esa mudanza.

–Siempre he tomado así las decisiones importantes, sin saber lo que hacía. No sé tomar las decisiones de otra manera. –Mifu, mirando el avión que cruza el cielo, quiere salvar esa habitación. Ya que le debe por lo menos eso–. Fue una época difícil, sí, pero fui feliz en esa habitación. El invierno fue duro, y menos mal que tenía un montón de carbón en el sótano. Me gustaba llegar a casa y llenar la bañera con agua caliente. –Las casas que se calientan con carbón no suelen tener baño. Construyó una bañera en la cocina con la ayuda de su vecino–. Al principio el vecino me pareció frío y serio, pero en seguida me ofreció su ayuda para subir una bañera que estaba abandonada en el patio y colocarla en un rincón de la cocina. Me enseñó cómo la tenía puesta él y me propuso hacerlo igual. Era arquitecto, parco en palabras, pero mi alemán tampoco daba para tener conversaciones complejas. De todas formas, su compañía era agradable.

Un fin de semana de comienzos de primavera llevamos todas las cosas desde el estudio de Charlottenburg al piso nuevo de Prenzlauer Allee en una camioneta. Kike alquiló un piso de dos habitaciones. Organizó todo muy bien; entre diez personas sacamos las cajas de un lado y las apilamos en una casa al otro lado de la ciudad. Situado en la última planta, era un apartamento blanco de dos habitaciones, soleado, con una amplia vista sobre Berlín. Nadie aclaraba si en el nuevo piso iban a vivir juntos o no.

En cambio para la mudanza de Mifu solo estuvimos nosotras dos. Si la podía ayudar con un par de cositas. Me dirigí a una dirección desconocida con la cámara de fotos, tal y como me lo había pedido ella. Tomamos un té al otro lado de la lluvia, mirando el árbol que se erguía en el centro del patio gris. Parecía que comenzamos por azar a meter sus cosas en bolsas. Tuve que adivinar que iban a intentar vivir juntos de nuevo. En una carpeta grande tenía todos los dibujos que había hecho desde que había llegado a Berlín, y le pedí que me los enseñase. Cubrió la mesa, la cama y el suelo con los dibujos. Entonces vi las hojas que Mifu colmó de *aaaaas* negras cuando Kike, Maite y Mireia visitaron Dresde. Aquellas *aaaas* de todos los tamaños, en filas o suspendidas en el aire, sueltas, eran un grito negro silencioso. En otros dibujos se mostraba ella sola, sentada en la nada o mirando a la nada, sin ningún espacio alrededor. Las posesiones de Mifu nos cupieron en dos mochilas y en un par de bolsas de mano. Cerramos la puerta detrás de nosotras como si fuéramos a salir para regresar en seguida, hice las fotos desde las escaleras, y nos dirigimos al piso de dos habitaciones de Prenzlauer Berg, ella en tranvía y yo en bici.

En la casa blanca Mifu tenía una prensa sobre la mesa y unos dibujos suyos pinchados en el corcho blanco; en la pared blanca del dormitorio, colgó una bolsa de colores que le había regalado su hermana. Kike construyó una cama alta en el dormitorio y una mesa grande en el cuarto de estar.

–Me daba miedo invadir demasiado espacio. Anduve con cuidado para que hubiese sitio para los dos. Yo decía "Voy a hacer una mesa de trabajo", y ella, "Ah vale, pues haz". Pero a ella no se le ocurría.

–Quizá no lo necesitaba.

Mifu necesitaba otra cosa.

Apenas recuerdo la época de la casa de la Prenzlauer Allee.

Luego vivieron juntos también en otra casa. Construyeron una isla.

¿Qué hacían en aquella época?

¿Dónde estaba yo?

Con un pie aquí y otro allá, casi olvidado.

Enredándome, perdiéndome en un largo paseo.

Que ahora tengo que desandar lentamente.

La luz ya no se cuela en la cocina. Suena el teléfono; es Frank y me propone ir a comer una *pizza*. Le digo que estoy con Mifu.

–¿Dónde, en la Prenzlauer Allee?

–No, en la cocina de casa. ¡Además, hace mucho que no viven allí!

–¿Y dónde viven?

–Pues… Uno allí, otro aquí…

–Ajá… Y… ¿es posible, aun así, ir todos juntos a comer unas *pizzas*? ¿O cómo está la cosa? A mi me gustaría ver también a Kike antes de irme.

–Intentaré hablar con él y le preguntaré si se anima. ¿Nos encontramos en Luna?

–En Luna.

Dejamos la cocina y nos encontramos con Frank para cenar unas *pizzas*. Kike también se ha apuntado. Frank ha venido de visita a Berlín después de haber estado fuera casi dos años. Tras haber pasado el día paseando se pregunta a sí mismo: "¿Qué es lo que me gusta de estos lugares?". Es algo que nos cuestionamos todos de tanto en tanto, "¿Por qué nos empeñamos en vivir en esta ciudad?".

–Para mí, el extranjero, de alguna forma, es distanciarse de la infancia. Y eso no es fácil –me oigo decir a mí misma–. La infancia es la tierra de uno, el refugio. Y, al fin y al cabo, no es posible deshacerse de la esencia de esa tierra, está dentro. Sin ella, me quebraría; aquí y en cualquier otro lugar.

–Yo no me siento en el extranjero, ha sido una elección –replica Kike inmediatamente–. Y ahora estoy aquí, pero no sé para cuánto. Una vez que te has ido, nunca sabes dónde vas a quedarte.

–Yo a veces sí siento que soy extranjera, que no soy de aquí. No en todo momento, pero sí en pequeños detalles.–Mifu dibuja la figura de unas alas sobre la mesa–. En la película *El cielo sobre Berlín* hay una trapecista de circo, Marion. Ella es francesa, y dice: "Aquí soy una extraña y, sin embargo, ¡todo es tan familiar!".

–¿Qué quieres que te diga? Yo incluso en Iruña me sentía un extraño.

–Sí, yo también conozco eso –secunda Frank a Kike, asintiendo con la cabeza.

Marion, vestida con unas alas de ángel, sentada junto a su vagón de circo, reflexiona, recuerda: "Esperé una eternidad a que alguien me dijese una palabra de amor. Luego partí al extranjero". La película de Wenders recopila hermosas imágenes de la ciudad. Es como pasearse por todos esos lugares siguiendo los recorridos de los dos ángeles.

Entre todos empezamos a conformar una lista con los lugares que nos cautivan.

Cerca de la Pizzería Luna, sobre el Mauerpark, los rayos desgarran el cielo incesantemente antes de que rompa a llover.

–También Mauerpark es un lugar especial –se le escapa a Mifu como en un suspiro, admirando los rayos.

De noche no está iluminado. Teníamos que atravesarlo desde la que fue casa de Frank a la nuestra.

–Es un parque como una calle –concluye Mifu en la segunda parte del suspiro.

Ahora Mifu vive al otro lado del parque. En una casa vieja con un patio repleto de bicicletas.

–Otro lugar es Negativeland –prosigue Frank con la lista. Negativeland es el videoclub con estatus de culto de nuestro barrio. ¿Te acuerdas de aquel viernes de invierno, que estabas enferma y nos encontramos en Negativeland? –me pregunta luego.

–No estaría mal trabajar allí –dice Kike.

–No, nada mal –los tres a coro.

Después de muchos relámpagos, irrumpe la tormenta y nos protegemos bajo el toldo de la pizzería, pero no se puede creer que pueda llover de esa manera, y ni siquiera bajo el toldo evitamos mojarnos. Yo pienso en quién me gustaría tener sentado a mi lado, contemplándola. Y sospecho que mi historia empieza a parecerse a la de Mifu y Kike. Al desatar los nudos, la cuerda puede estar rota. El estruendo de la tormenta arrastra consigo una canción: "… nos dimos el primer beso en un patio… lo único que pedí, estate conmigo. Solo conmigo". Me parece reconocer la voz del cantante. "Dentro de la tormenta" –"In the Stoooooooorm!"–. La segunda parte de la canción no la quiere escuchar nadie: "Te entierro a ti y a tu foto, un sueño sobre papel, al olor de tu amor, y al riesgo de volver a confiar en otra mujer como tú".

Nos encantan las tormentas de las noches de verano.

Cuando amaina nos retiramos, pero, aunque ya ha comenzado a amanecer, yo no voy directa a la cama. Me quedo sentada en la ventana, mirando a la gente que anda por la calle. Por lo visto hay una fiesta en el patio del número 86, ya que sale constantemente gente de allí. Una lámpara azul gigante cuelga sobre el patio de la 86.

Le saqué muchas fotos el primer año que viví en Berlín. Sacaba varias fotos de los mismos lugares y motivos: de día, de noche, nevando, en primavera... Pienso en la explicación de Frank sobre la foto ideal. Hay elementos que se cuelan inadvertidamente. A Wenders se le colaron los ángeles en *El cielo sobre Berlín.*

Me gustaría estar bailando bajo la lámpara azul. Al día siguiente sabré que allí estuvieron mis compañeros del cine hasta la mañana. Y les preguntaré:

–¿Pero dónde se metió toda la gente mientras duró la tormenta?

–¿Dónde? Bajo la lluvia, bailando.

DOS DÍAS DESPUÉS me junto con Mifu para desayunar en la calle. Me cuenta que este mes tampoco ha tenido la regla y que tiene cita con el ginecólogo, a ver si puedo acompañarla.

Este verano de tormentas fascinantes, vivo en una habitación ajena. Pero me siento bien en esta habitación que, sin duda alguna, no es la mía. Los colores son agradables y no hay demasiadas cosas, pero las pocas que hay pertenecen a otra persona. A menudo me siento a mirar por la ventana de mi habitación. Escribo *mi habitación* sin darme cuenta, porque, aunque no es mía, es la habitación que más mía siento desde hace mucho tiempo. Y ahora todo lo que necesito para estar a gusto es una cama grande, una ventana para mirar a la calle y el ordenador portátil que me ha prestado un amigo que está de vacaciones, para escribir.

UNA TARJETA POSTAL: MO

Ayer por la noche Sagran y Jeff dieron un concierto en un piso grande de la Schönhauser Allee. Los escuché sentada en la ventana. *Just listening to some stories.* Sagran en la batería y Jeff acompañando su voz con la guitarra. Hermann está en Londres. *Slowmo. Berlinmo.* Al desnudo. *What is to be a city. Citymo.* Un niño pequeño dentro de un hombre. Un MOmento en la eternidad. *What is to be a flat.*

Flatmo. En el piso de una habitación de Jeff, notas saturadas de números de teléfono y de letras de canciones pinchadas en la pared. Las huellas de un gato experto en saltar al patio desde un tercer piso. *She loves to be a cat. Catmo. Lovemo.* Ayer por la noche, todas las canciones de amor para el gato de Jeff. Dice, *She loves to be a cat and she knows.* Ayer por la noche, todo lo que necesitaba: una bombilla roja, un balcón, las luces de los coches. *The next song is about living in the city.* Escuchamos nuestra ciudad interna permanentemente. *Some drive a luxurious car, some have a red bike.* Una canción imaginaria para Hermann en una postal de Sira: *I love your bike and I'm a red figure. I just want to be a berlin girl in a berlin night. Redlights. Girlmo.*

CARL Y CRISS

El camino al aeropuerto es recto. Hay que seguir la carretera junto al río, luego pasar al otro lado y seguir todo recto. Además, las señales del aeropuerto. Es imposible equivocarse.

Como Criss no conduce, Sira le propone coger el coche de Hermann e ir juntas. Porque Sira también irá a gusto al aeropuerto. Se encuentran en la cocina. Criss ha preparado café. Sira huele desde las escaleras el café recién hecho. Lo toman en silencio, solo, rápido, impacientes las dos. Sonrisas nerviosas en los labios absorben el sabor del café.

–¿Vamos? –pregunta Sira.

Criss se asegura de que tiene todo en el bolso. Siempre lleva de todo en sus bolsos. Por ejemplo olivas y bocadillos de queso para poder organizar un picnic en cualquier momento. ¿Qué habrá metido hoy para poder hacer tranquilamente el camino al aeropuerto?

–¿Las llaves? ¿Las tienes tú?

–No, pensaba que las tendrías tú.

Criss se queda esperando en la cocina, inquieta. No le gusta cuando las cosas no están preparadas. Cuando surgen imprevistos. Sin embargo, ha tenido suficientes en la vida. Dos embarazos imprevistos.

–No las encuentro, no están donde siempre.

–¿Y ahora?

–Le pediré las suyas a Lou. Tiene el Nissan en frente de casa.

Sira vuelve a desaparecer escaleras arriba. Es muy temprano, toda la casa está en silencio. Toca suavemente la puerta de Lou, la abre sin esperar respuesta y se acerca a él.

–Lou, necesitamos las llaves de tu coche para ir al aeropuerto…

–Sobre la mesa. No sé si tendréis suficiente gasolina…

Sira coge las llaves y cierra la puerta cuidadosamente. Lou ya se ha vuelto a quedar dormido. Las orquídeas atendidas con tanto mimo se están despertando junto a la ventana.

Criss y Sira suben al coche de Lou. Todavía pueden llegar a tiempo al aeropuerto, con el tráfico de su lado. Pero el motor no arranca. Sira lo intenta una y otra vez, pero no consigue ponerlo en marcha.

–No puedo –se rinde al fin.

La luz roja de la batería parpadea. Lou habrá dejado las luces encendidas por la noche y el coche se ha quedado sin batería.

–¿Y ahora?

Para Criss es demasiado que sea tan temprano y tener tantos contratiempos. Los quehaceres excepcionales se convierten en aventura. Por ejemplo ir a buscar a su hija al aeropuerto. Las tareas que se quedan fuera de lo cotidiano le parecen hazañas llenas de dificultades. Cuando prepara el bolso para estas ocasiones, mete cosas que no se le ocurrirían a nadie más, por si acaso.

Por un momento piensan que no podrán ir, pero Sira reaparece mostrando en sus manos las llaves de otro coche. Dos damas alegres y llenas de vitalidad se ponen por fin de camino al aeropuerto. Hermann y las dos niñas, Lotta y Frieda, se han despertado muy temprano en Londres para poder coger el avión a Berlín a las siete de la mañana. Llegarán muy cansados.

–¿Tú crees que Frieda y Lotta se habrán arreglado bien?

–¡Pobre Hermann, si las dos niñas no se han arreglado bien en Londres!

ESTE VERANO Criss apenas ha visto a su hija mayor, Frieda. Criss ha estado sin coger vacaciones desde que nació Frieda y en julio se fue de vacaciones a la costa rusa. Han sido las primeras vacaciones que ha tenido Criss en los últimos ocho años, solo para ella. Con otros amigos, pero sin hijas. De vacaciones con ella misma, para recuperar por unos días el sentimiento de ser una misma. Qué es disponer de su tiempo, responder a sus necesidades, a sus deseos, sin obligación de tener en cuenta nada más.

Mientras ella disfrutaba en Rusia, sus dos hijas, Frieda y Meret, estuvieron con su padre visitando a la abuela. Para que Criss pudiese tener sus vacaciones, Carl se fue con las dos niñas a casa de su madre. Antes de partir de vacaciones, Criss le regaló a Frieda una cámara de fotos muy sencilla, y le propuso sacar fotos para luego poder enseñárselas a ella.

De vuelta de las vacaciones, cuando bajó del tren de Rusia en Alexanderplatz, no contaba con tener a nadie esperándola. Pero en el andén se encontró a Hermann y Sira, uno al lado del otro. Abrazó a ambos con fuerza. Advirtió que Hermann y Sira estaban como iluminados, pero en un primer momento no se le ocurrió cuál podía ser la razón, ya que ella misma estaba radiante, rejuvenecida, refortalecida. El sol le había aclarado el pelo corto y oscurecido la piel. Los ojos locuaces, soñadores. Hermann y Sira le habían llevado una cesta rebosante de albaricoques recogidos del árbol del patio. Cuando Criss se fue de vacaciones, aún estaban verdes.

Se despidió de los amigos que habían viajado con ella en el tren y se sentó en un banco con Hermann y Sira a probar los albaricoques. Estaban ricos, empezando por el tamaño y el color. Los tres se chuparon los dedos. Sintió a Hermann y Sira muy cerca, y eso le gustó. Podrían ser ellos el árbol que daba albaricoques sin César. En cualquier momento podía brotar un albaricoque de los labios de Sira. O de entre las manos de músico de Hermann. Criss no preguntó nada.

Carl llegó con las hijas al día siguiente. Llevaron a revelar las fotos que había sacado Frieda y de su primer carrete surgió una colección de fotos de verano como es debido: Se ve el jardín de la abuela y los detalles que han atraído la atención de Frieda, por ejemplo los azulejos de la cocina. En una foto salen todos los primos y primas sentados en las escaleras de la fachada. Todos menos Frieda, porque ella está tomando la foto. Sira tiene guardado el primer rollo que sacó más o menos a la edad de Frieda. Se acuerda de los que aparecen en aquellas fotos.

Pasaron dos días en familia, y luego Frieda se fue a Londres. Hermann se llevó a su hija y a Frieda a Londres por una semana.

Cuando las dos niñas montaron en el coche para ir al aeropuerto, Criss estaba tan alterada como si también ella fuese a volar a Londres. Lotta aferraba un cerdito rojo bajo el brazo y contaba: “Papá, y en Roma nos subimos a la torre alta y desde allí arriba se les veía a todos como hormigas. Frieda, eran enanos, ¿a que sí?”.

–Lotta, la torre fue en París.

–Sí, pero entonces, ¿a dónde fuimos en avión?

–A Italia.

–¡Ah sí! Y mi camiseta de fútbol, es de allí, ¿verdad? Tengo una camiseta supergrande…

Frieda estaba a punto de subir a un avión por primera vez, iba por primera vez de vacaciones sin sus padres. Frieda, una niña que se está haciendo mayor, pero una niña al fin y al cabo, no tenía conciencia de estar haciendo todo eso por primera vez. Su madre, Criss, sin embargo, sí. Y por eso, estaba más alterada que Frieda, viéndolas en el coche con las mochilas a su alrededor, haciendo adiós con las manos. La hermana pequeña de Frieda, Meret, pilló una buena rabieta cuando las vio alejarse con el coche.

A Criss no le gusta volar. Fue en tren a Rusia. En el tren, sabe dónde está. En un avión, cuando no hay más que nubes debajo, se sentiría fuera de lugar. En el tren, por el contrario, percibe cómo se le van desprendiendo las capas según avanzan los kilómetros. Cómo se le caen las capas y se queda con su interior. Con su voz interna. En cambio Sira se deleita con el punto de vista privilegiado que alcanza desde el avión. Cuando hay nubes y emerge una franja de sol naranja o rosa sobre el horizonte; ¡un sueño! Cuando ve tierra debajo, los Alpes, los Pirineos, asuntos que parecían muy grandes se convierten en muy pequeños. Y luego, ¡los instantes anteriores al aterrizaje! Esos momentos antes de aterrizar en casa, mientras la silueta de esa costa que es parte de su persona se acerca segundo a segundo... Llora por dentro cada vez que aterriza en Bilbao. También recuerda el camino al aeropuerto de Berlín, ligado a diversos colores, luces y sentimientos. Una vez, luz amarilla. La música alta. La ventanilla del coche bajada, un viento demasiado caluroso para ser abril y, en la garganta, un grito no pudiendo salir. Criss no podría con todas esas emociones. Con las idas y venidas que desgarran el interior.

Incluso hoy por la mañana, Criss está inquieta de camino al aeropuerto, y ella no vuela a ningún lugar. Sabe que Sira, a su lado, va conduciendo al menos tan alterada como ella. Sabe que Sira y Hermann estarán deseando verse. Quieren llegar a tiempo al aeropuerto de Schönefeld. Quieren verlos salir de la sala de recogida de maletas. Pero el tráfico se mueve lentamente saliendo de la ciudad.

NADA MÁS VOLVER a Berlín después de dos años, Sira estuvo cenando con Criss y Carl. Intentó hablar alegremente, intentó sonreír. Sin embargo, Criss y Carl advirtieron el miedo y la falta de seguridad en los ojos, en las manos y en la postura. Sira les preguntó por sus hijas. Ella no conocía a Meret, pero había notado en seguida que era una fuente de felicidad para todos los de alrededor. Frieda se había hecho mayor. Bella, misteriosa. Sira le había enviado cartas mientras estuvo fuera. Cuando supo que estaba empezando a aprender a escribir, intentó mantener el contacto por carta. Inventaba para Frieda historias que intercalaban vivencias de su día a día. Para ello creó un personaje llamado Missi. A Frieda le llegaron ocho cartas de Sira, y a Sira tres de Frieda.

–También nosotros leíamos las historias de Missi –le dijo Carl.

–¿Sí?

–¡Por supuesto! Sobre todo al principio, cuando Frieda todavía no tenía soltura, leía las cartas con nosotros.

–Nos hemos reído mucho con esas historias de Barcelona –dijo Criss–. Frieda decía: “Mamá, mamá, pero esto no es verdad, ¿no?”; y se partía de risa. Las leíamos como cuentos.

Vio crecer a Frieda. Se ha convertido en una trapecista que presenta su misterio con cautela. Cuando sea mayor quiere ser artista de circo. De recién nacida, vivió con su madre en el vagón de circo que está en el patio. Este año Carl le ha regalado un monociclo. Meret, una diminuta bailarina que hace piruetas constantemente, saca la sonrisa a todos.

–Ahora me gustaría educar a un niño –manifestó Carl durante el postre.

–¿Otro hijo?

–Sí, un niño.

–Y eso, ¿por qué?

–Me gustaría educar a un chico, ver si realmente nuestra generación es capaz de establecer otro modelo, ver qué consecuencias tiene la presencia de un padre que no está todo el día fuera de casa. Quisiera asumir esa responsabilidad.

Como si no hubiese oído las palabras de Carl, Criss siguió degustando sus peras al chocolate.

VAN EN SILENCIO de camino al aeropuerto. Sin encender la radio, sin poner música.

–Sira, cuando llegaste de Barcelona a principios de verano, eras un puñado de nervios tensos. Te noto cada vez más contenta.

–Estos días he dado largos paseos, he leído historias, me han contado historias y he escrito historias. Cada noche que he pasado en la habitación de la buhardilla, he soltado un pequeño nudo.

Criss no pregunta más. Criss y Sira muy pocas veces hablan de temas personales.

–Desde que regresaste de vacaciones os he visto poco juntos a Carl y a ti.

–Creo que no le apetece estar con nadie, que necesita tiempo para él. Decir, no lo dirá. Tengo que adivinarlo yo.

–Pero cuando tú tienes tus fases, tampoco le das explicaciones, ¿no?

–Yo sí, yo le hablo abiertamente. Pero es trabajo mío interpretar sus ventoleras. Piensa que las cosas se entienden por sí mismas cuando están claras para él. *Selbsverständlich.* Inteligibles por sí mismas.

–Y lo de tener otro hijo, ¿también está claro?

–¡Para él sí! Lo dijo de verdad, que quiere un chico.

–¿Y tú?

Criss agiganta los ojos.

–Pero, ¿de dónde surge esa fijación?

–De que quiere un *chico*. La cuestión tiene su lógica. Y su riesgo. –Criss busca algo en su bolso–. En su familia son tres. Carl tiene dos hermanas mayores que él. Meret tiene un parecido increíble con la más pequeña de sus hermanas.

–Y Frieda, ¿se parece a la mayor? –pregunta Sira.

–¡Oh no! ¡Y ese es precisamente el riesgo del asunto! ¿Si tuviésemos un tercer hijo, chico, y Frieda empezase a parecerse a la hermana mayor de Carl?

Criss encuentra un fular blanco de flores en el bolso, abre la ventanilla y saca el fular:

–Sira, pisa el acelerador ¡y hazte un sitio entre todos estos coches!

Y ahí va el Opel Corsa, tocando el claxon y luciendo el fular blanco de flores, como un taxi loco en plena persecución.

–Si tuviésemos un tercer hijo, y si fuese chico, se repetiría el patrón de la familia de Carl. Carl tendría la oportunidad de rehacerse a sí mismo.

El camino es recto y no hay nada que curiosear a los lados, solo se puede mirar hacia delante. Los coches hacen sitio a las dos damas para que pasen.

–Si te das cuenta, cuando entras en la habitación de Carl, no hay espacio para nada más. Está todo lo necesario y cada objeto tiene su lugar.

Criss tiene razón, la habitación de Carl es un universo cerrado. Esa habitación no necesita de nadie más, no tiene espacio para nadie más.

–Puedo estar en su habitación, por supuesto, pero siempre me siento una invitada.

Carl es coleccionista. Monta en la furgoneta y recorre las chatarrerías de la ciudad en busca de tesoros para sus colecciones. Tiene una furgoneta naranja. En invierno, toma café mientras conduce. En su habitación solo entran rarezas: mantas de piel de animal para la cama, lámparas y butacas de diseño de los sesenta, sellos clasificados en cajas de diferentes tamaños… No sellos de correos, sino sellos para estampar con tinta letras y otros signos. Los objetos que no guarda para él, los vende los domingos en el mercadillo.

Las letras y los juegos de palabras estimulan a Carl. En la fachada de la casa hay seis letras naranjas sujetas contra la pared verde: *Farben*. Colores. Enterrado en el patio, *Grund*, que en alemán significa tanto "suelo, fondo" como "motivo". Y en su habitación, atesora su repertorio de bombines en un perchero con un cartel donde pone: "Sobre todo, sombreros". *Über alles*.

–Pero tampoco se puede decir que en tu habitación haya espacio para él… –le dice Sira a Criss.

–Sitio, haber, hay; pero a él mi habitación le resulta demasiado caótica.

El cuarto de Criss no tiene el toque de acabado que tiene el de Carl. Al contrario, es un cuarto que siempre está haciéndose, y de ahí su carácter caótico. Lo adapta constantemente a sus necesidades. La desbaratada infancia de Criss también es visible en su cuarto; es un cuarto que sueña.

–Carl no puede hacer nada en tu habitación, ¿verdad?

–No, no sabría por dónde empezar. Se pone nervioso.

Carl y Criss se encuentran en el espacio público. En la cocina, en el patio, en la calle. O en el cuarto de las hijas. En caso de que se junten en espacios privados, lo hacen muy discretamente.

–A veces me gustaría saber qué lugar ocupo en su cabeza. A ver si no me tendrá en algún rincón, desplazada, como me siento cuando entro en su cuarto.

–¡Criss, el pañuelo! ¡Guárdalo! Mira quiénes están ahí. –Sira se asusta siempre que ve *Polizei,* pensando que la van a pillar en algo–. Enciende la radio para disimular, ponla alta y canta conmigo. ¡La, la, lala!

En la carretera, una señal les informa de que faltan dos kilómetros para llegar al aeropuerto. Un avión se está acercando al suelo como despeñándose del cielo.

–Pero…

–¿Si?

–Cuando dice que quiere educar a un chico, entiendo lo que busca, y confieso que yo también tengo curiosidad de ver cómo educa a un hijo. Y cómo se rehace a sí mismo. ¡Pero no puedo concebir tener otro hijo más!

Sira logra aparcar el Opel Corsa, y además sin rayar los coches de al lado. ¡Premio! Antes de salir del coche, colocándose el fular de flores al cuello, concluye Criss:

–¡Y no me quiero ni imaginar que con los años Frieda pudiese parecerse a la hermana mayor de Carl!

LEEN EN EL PANEL de información que el avión de Londres ya ha aterrizado. *Landed.* Van corriendo, con cuidado de no patinar en el suelo resbaladizo de aeropuerto. Se abre una puerta de cristal automática y aparecen Frieda y Lotta de la mano. Erguido detrás de ellas, Hermann, medio escondido bajo tres mochilas. Abrazos y besos en todas las direcciones. Todos tienen prisa por ir a casa.

En el coche las niñas van contando sus andanzas londinenses. Han cogido taxis, se han sentado de noche en la primera fila de autobuses de dos pisos, se han bañado en las fuentes de Trafalgar Square, han estado en el apartado de juguetes de Harrods... "¡Y las salchichas son tan largas –muestran el tamaño con las manos, cada una más grande que la otra– que te dan dos panes!". Deben de estar agotadas, pero no callan. Al pasar por el único kilómetro de muro que queda, Lotta interrumpe su relato para decir: "Qué es ese muro tan grande, qué hace aquí en medio". Algo totalmente fuera de lugar. Sira va conduciendo y no sabría cómo explicarles a las niñas, pero oye la explicación de Criss, y no es tan difícil.

–Hubo una guerra, Alemania la perdió, y luego una parte fue para los americanos y la otra para los rusos. En Berlín, para separar las dos partes, los rusos construyeron el muro alrededor de su ración de la ciudad. No era nada fácil pasar de una lado al otro, sobre todo para los de un lado, aunque tuviesen amigos o familia al otro lado. –Las niñas no dicen nada–. Para cuando vosotras nacisteis, no había muro –termina Criss, y las niñas no parecen muy impresionadas.

Hermann añade:

–Si todavía hubiese existido el muro, no hubieseis nacido donde habéis nacido. –La frase parece retorcida, pero ante esto sí que reaccionan, las dos a la vez:

–¿Por qué?

–Porque donde nacisteis vosotras estaba *al otro lado* del muro, pero para cuando nacisteis no había muro y nosotros vivíamos al otro lado.

Frieda y Lotta se quedan conformes. Si por culpa de un muro hubiesen tenido que nacer en otro lugar, no se hubiesen quedado tan conformes. No pueden saberlo, pero de alguna manera intuyen que han nacido en el lugar adecuado. Los otros tres pasajeros del coche no saben lo que es para un niño crecer en esta ciudad.

Porque ellos han decidido venir aquí, pero estas, estas son niñas berlinesas.

Saben sin saber muchas cosas. Al nacer Lotta, su padre la tuvo en brazos durante una hora y le contó cosas que le parecieron importantes. Por ejemplo lo de arriba y abajo. Cómo está el suelo y cómo está el cielo. Cómo uno está tumbado en el suelo, sintiendo la tierra, oliéndola, y tiene el cielo de frente. Y cómo es posible de vez en cuando, sentir que te elevas unos centímetros del suelo, pero sabiendo que el suelo está ahí abajo y que ese es tu lugar, aunque exista el cielo, ahí arriba, y que es hermoso mirar hacia arriba desde el lugar en el que estás tumbado.

Están parados en un semáforo en rojo. Hermann aprovecha para susurrar a Sira al oído, “No solo ellas, yo también me alegro de estar aquí otra vez”. Al fondo de la calle se divisa el que fue el teatro del este. *Volksbühne*, pone. Y debajo, *Macht Kinder!* en letras rojas, el nombre de la pieza que están montando, *¡Haced niños!* El coche va calle arriba, y las letras rojas se agrandan, se agrandan, y parece que penetran por el cristal del coche.

La ciudad está llena de mensajes, para el que quiere verlos.

En casa Criss saca cruasanes para desayunar, y Hermann les da las gracias a Frieda y a Lotta porque lo han hecho feliz cuando les ha oído contar las historias en el coche. Desde la ventana de la cocina se ve a Carl en el patio regando las rosas, el albaricoque y el plátano. Lleva pantalones negros de trabajo, el bajo recogido y los pies descalzos. Meret se pone de pie en la ventana y Criss detrás de ella, sujetándola.

–¡*Apa* –le grita–, *mía* lo que ha *traío Ida* de *Ondes!*

Las tres niñas y Criss bajan al patio a ofrecerle los caramelos de Londres. Criss ve desde el marco de la puerta de la cocina cómo se abrazan Hermann y Sira al quedarse solos.

VACACIONES EN NOVIEMBRE

TIENE QUE ESTAR en el Job Center una vez a la semana, a las siete de la mañana, haciendo cola para recibir dinero. Sagran.

Ha pedido hora para ayuda psicológica. Katrin.

Le van a anular el contrato del alquiler. Jeff.

Debe dinero en Nueva York. Mucho dinero. Lizi es trapecista y cuida a gente mayor.

Lou tiene que arreglar la moto de color de rosa. Para venderla y poder pagar las deudas.

Tú tienes que vivir en las habitaciones de amigos que están libres. Pero las vacaciones en noviembre son posibles. Aunque sea agosto.

El juzgado tiene que decidir a quién le concede la custodia de la hija. Hermann.

Pero las vacaciones pueden gozarse en cualquier momento, en cualquier lugar. A veces, solo por un breve instante. O por dos días. Sin tener que ser mago. Sin tener que fumar diez porros enfermo de fiebre. La elección es tuya: entrar en el manicomio o tomarte vacaciones mirando a un insecto. Envuelta en un rayo que envía el sol. A pesar de atentados terroristas o crisis económicas. Es posible coger vacaciones en noviembre, cuando es agosto. Con más de ochenta bailarines obsesionados por el culto al cuerpo yendo de aquí para allá, contándose mutuamente tristezas que pretenden ser divertidas.

A HERMANN NO LE GUSTA ir a Hagenburg en verano. Se aburre cuando en verano se celebra el festival de danza de Hagenburg. Lo que hay ahí para ver y oír le produce somnolencia. Por eso solo habéis ido para dos días. Ir un día, dormir allí, y volver al día siguiente. Eso sí, habéis dormido bajo las estrellas, porque es agosto, y no noviembre. Porque había que ir, a cumplir. "Ha sido un día precioso", te dice a la vuelta, en Berlín. A dos horas escasas de Hagenburg. Silencia sus preocupaciones. Le viene una semana dura. "Ha sido un día precioso." Desde que empezó el asunto de la custodia de su hija, sin duda, la frase más eufórica que se le ha oído a Hermann.

Precioso, sí. Sin ninguna razón. Ha sido un día sin tiempo. "Hoy todo ha estado bien", te dice. Como has estado por primera vez en el festival de danza de Hagenburg, preguntas: "Y si no, ¿cómo suele ser?". Te describe un día muy similar al de hoy: sentados a la sombra sin hacer nada, viene alguien y cuenta algo; tocar música para alguno de los espectáculos, darse un baño para escapar al aburrimiento, comer algo... Muy similar al día de hoy, al fin y al cabo. Pero hoy ha sido diferente.

Hagenburg se encuentra en un paraje de pocos habitantes. Un pueblo perdido, si no figurase en los mapas. En ese insignificante punto del mapa, el festival es un pequeño mundo, y dentro de este, el grupo de amigos, otro mundo más pequeño. Hermann, Jeff y tú fuisteis juntos en el coche, pero ahí estaban Lizi, Sagran, Lou y Katrin. Dentro del grupo, vuestro pequeño mundo a dos. Uno, un mundo, y el otro, otro mundo. Él y tú. Podría haber sido en cualquier lugar. En cualquier punto. Habéis estado todo el día en cualquier sitio.

Saltando de un mundo a otro. Estás sola tomando el sol, leyendo. Él va a dar un paseo. Tú tumbada junto a él a la sombra, y os llegan las voces de los demás. Estáis participando en la discusión del grupo, inmersos en la conversación. No muy lejos, hay cantidad de gente cenando o bailando.

Cualquier cosa ha sido especial. La luz sobre su cuerpo por la mañana. Unos girasoles gigantes. Un mosquito. Probar de su comida. Su mirada en el retrovisor del coche.

Ha habido dos acontecimientos importantes para la cuadrilla: el de la macedonia y el del baño de después de comer. Las vacaciones han empezado con vuestras miradas encontrándose una y otra vez en el retrovisor del coche. Y os habéis llevado a todos los demás de vacaciones con vosotros. También ha habido discusiones. Pero de qué tipo…

De camino a Hagenburg, cuando visteis el primer parque eólico, dijo Hermann:

–Siempre hay alguno que está quieto. Siempre alguno que está roto o se ha quedado bloqueado. Sin girar.

Jeff y tú le dijisteis que el que está parado no está roto. Cada molido mecánico tiene las aspas en una dirección y, dependiendo de dónde viene el viento, las pondrá en marcha o no. En cambio, Hermann creía que los molinos tienen un mecanismo que los orienta al viento. Y que son muchos los molinos que tienen ese mecanismo estropeado. Carcajadas ante semejante ocurrencia. "¿Es que alguna vez has visto uno de esos girándose en busca del viento?", os burlasteis como si hubiese dicho la burrada más tremenda. *Krak-krak-krak*. Jeff imitó uno de los gigantes rotando en torno a su eje con gran dificultad. Hizo de robot que se ha quedado sin aceite. Hermann, callado, tragó su orgullo, y así quedó todo. Por el momento.

Crean paisajes de nuestro tiempo, pero los parques eólicos no figuran en los mapas. Los mapas no especifican cuáles son los árboles que hay en ese entorno, cuáles son las historias de sus habitantes, cómo viven, cómo surgieron todos esos lagos que se ven. Los mapas esconden esas informaciones para salvar el misterio. En un mapa aparecen las líneas de las carreteras y los nombres de los pueblos pequeños, pero el resto lo tiene que aportar uno. Con la imaginación.

Jeff y tú os queríais bañar por ahí, pero sabíais que Hermann no es muy aficionado a los lagos. "Si se lo pides tú, nos llevará –te dijo Jeff en un susurro–, dile." Te hizo que sí con la cabeza por el retrovisor, sin protestar. Jeff, aprovechando la situación, preguntó:

–¿Y si primero vamos a Hagenburg a recoger a Lizi, y luego al lago?

No hubo respuesta, Hermann golpeaba rítmicamente con los dedos sobre el volante.

–¿Vamos a recoger a Lizi antes de ir a darnos un baño, o no? –preguntó Jeff por segunda vez.

–¿Es que me das la elección de decir que no? –Hermann por nada del mundo quería estropear un viaje que había empezado bien y, antes de seguir mirándote por el espejo, sin darle importancia, sin esperar respuesta, dijo–: ¿No me dijiste que Lizi y tú ya no estabais juntos? ¿Y que mucho mejor así?

De camino al lago, Lizi y tú ibais sentadas detrás. Jeff, junto a Hermann. Pero los dedos de Lizi y Jeff estaban enredados, y Hermann buscaba tus ojos desde el espejo. Pasasteis junto a otro parque eólico y la discusión empezó de nuevo. Le explicaste a Lizi.

–Jeff y yo creemos que los molinos están fijos y que las aspas se mueven cuando toca viento, y que se quedan quietas cuando no toca.

–¿Y qué piensa Hermann? ¿Que los molinos se giran? –También Lizi se rió.

Hermann odia quedar en ridículo, pero sabía que él tenía la razón. Los dedos de Lizi y Jeff hechos un nudo. Caricias silenciosas.

El primer acontecimiento de hoy ha sido la macedonia. La celebración. Mientras esperabais que llegase, Jeff ha contado cómo se le ha acercado un niño pequeño y le ha dicho, "Tengo que hacer pipí".

–Y entonces le he preguntado: "¿Sabes hacer pipí solo?". Y él, que sí con la cabeza, que ya sabe. ¡Nunca le creas a un niño! Ha empezado a hacer pis, y no sabe para dónde tiene que poner su gusanito, y ha meado en todas direcciones. Si no fuesen tan adorables, los matarías, ¿eh? –dice Jeff. Ha usado la palabra *cute*–. Pero son tan bonitos, tan dulces, ¡que no hay nada que hacer! Los quieres automáticamente, ¡aunque lo pongan todo perdido de pis!

–No son dulces –le interrumpe Hermann el discurso–, a ti te parecen dulces. Todo está en tu cabeza. Solo en tu cabeza.

–No, no, son dulces porque tienen que ser dulces, porque la naturaleza los ha programado así.

–Prueba uno, y ya verás como no es dulce.

Sagran entra en la conversación:

–Ellos solo dicen gaga-gaga, y todo lo demás lo añades tú.

–Eso es, viene el niño, dice gaga-gaga y tú piensas, ¡increíble! De la boca de Lotta solo salía *rodel-rodel*, ¡y para mí era lo más grande del mundo!

Lotta ha sido parlanchina desde pequeñita. Ahora tiene seis años, es una inmejorable oradora, y las próximas semanas el juzgado decidirá con quién va a vivir.

–Sí, pero es la naturaleza la que los programa así, ¡es su función!

A ti te parece que están diciendo lo mismo. Lizi acaricia los pelos de las piernas de Jeff, y no dice nada.

Luego ha llegado Lou con una bandeja en la que traía varios cuencos, una gran macedonia y una tetera. Le habéis dado la bienvenida con un aplauso. Habéis alabado la macedonia, la habéis gozado y casi le habéis hecho un monumento. Lou está callado todo el tiempo, cada vez que le miras te das cuenta de que tiene la mente lejos, aunque esté sentado entre vosotros. Lou tiene la mente en Copenhague. Le llega el murmullo de la conversación, y está a gusto así. Jeff y Sagran han intentado picarlo, incluirlo en la conversación, pero quiere estar a su aire.

–¿Me dejáis comer la macedonia en paz? –Dentro de una semana partirá de viaje con una chica de Copenhague. Primero tiene que arreglar la moto y venderla.

Los ojos de Katrin brillan mientras saborea la macedonia. Katrin desapareció ayer por la noche, y se percibe en sus ojos que alguien la quiso brevemente.

Después de comer, cargáis el coche y os vais a bañaros antes de regresar a Berlín. Lou se ha quedado mirando los dibujos de un cómic y Katrin tomando té, ambos en silencio. Sagran va con vosotros en el coche, aunque está enfermo y no podrá bañarse. La fiebre le llega casi a cuarenta y va con el jersey puesto tocando el ukelele. Al llegar a un conjunto de Eolos, Hermann vuelve a la carga. No zanjará el tema hasta demostrar que tiene razón.

–Ayer al anochecer, cuando recogí a Mo y Bi de la estación, me aclararon cuál es el mecanismo que emplean las cabezas de los molinos para girarse. –Explica ejes y medidas y grados y toneladas, pero tú no entiendes nada, ya que tampoco le haces mucho caso. Te interesa más la fijación que tiene Hermann de agotar el tema, hasta que aceptáis que tiene razón. Pero Jeff también es cabezota.

–¿Y por qué van a saber Mo y Bi más que nosotros?

–Lo vieron una vez en un programa de la televisión holandesa.

–¿Ah, sí? ¿En la tele? Oh… *What an evidence!*

¡Como si la tele siempre dijese la verdad! Hermann deja el tema por imposible. Lizi va mirando por la ventana y Sagran tocando el ukelele.

¿Ha dicho que se giran las *cabezas* de los molinos?

Habéis aparcado el coche. De camino al lago, cada uno metido en su mundo. Las manos de Jeff y Lizi siguen enredadas. Sagran y Hermann caminan el uno junto al otro. Tú ves a los cuatro desde detrás y sacas una foto para tus adentros.

Sagran se ha quedado vestido sentado a la sombra. Hermann y tú vais directos al agua, sin esperar a Jeff y Lizi. Al entrar en el agua, hay un punto donde no tocas el suelo. De golpe. No es poco a poco. Ahora te llega el agua hasta la cintura y al paso siguiente no hay suelo. Estás flotando en el agua. Ese momento en el que pierdes el contacto, es grande.

Tu padre te dijo por teléfono: "No tienes que perder el suelo". En el lago sí que se puede. "A veces sí, *aita*, es hermoso perder el suelo." Tu padre no sabe nadar. Te pones a flotar mirando hacia arriba y ahí no se ve más que cielo y, como en esa postura las orejas están bajo el agua, desaparecen casi todos los sonidos del mundo exterior; solo se perciben muy a lo lejos, y se oye un sonido que viene de algún lugar de dentro. Le pone banda sonora al trozo de cielo que estás viendo. Empiezas a girar y el cielo gira contigo, y en el margen del espectro de visión emergen las siluetas de árboles contra la luz del cielo. Su color está cambiando y por un breve instante adquiere el color de los ojos de Hermann.

Al salir del lago tus pies vuelven a pisar firme. No has perdido el suelo. Pero mientras has estado en el lago, has podido viajar.

Vuestros cuerpos se secan al sol. Mientras tanto, Sagran ha construido una cabaña de miniatura con las ramitas que ha reunido. Frente a ella ha colocado una rama más larga enfilando al cielo, y le ha atado una yerba ancha en la punta. El viento pone la yerba a bailar.

–No me importaría vivir en un lugar así –le dices.

–Es el objetivo, vivir en un lugar así –te contesta.

Ha construido una cabaña con las ramitas, un espacio hecho con sus manos. Representa un lugar apropiado para vivir. La cabaña es el símbolo de lo que hace todos los días.

–Pues qué bien, ¿vives aquí?

–Sí, pero no solo, no lo he construido solo para mí. También vosotros podéis vivir aquí.

Jeff sale del agua y lo que más le interesa es la yerba que danza con el viento.

–Y esto, ¿qué es? –pregunta.

–Se mueve según la dirección del viento, y muestra de dónde viene el viento.

–No, pero no se mueve.

–No, ahora no hay viento. Pero se movería si no hubiese árboles entre el lago y nosotros.

De camino a Berlín, Jeff va dormitando, Lizi mirando por la ventana, Sagran y tú leyendo del mismo libro. Desde el asiento del conductor, Hermann oye vuestras voces, una frase que os gusta, un sonido de sorpresa, una risa cómplice. Y os observa desde el espejo, "¿Qué es lo que estáis leyendo?". Un ensayo sobre la magia de la casualidad. Sus manos al volante, sus manos en la boca, sus manos apartándose los pelos de la cara, sus manos fuera de la ventana llevando el ritmo de la música contra el techo. Sus manos acariciando tu cuerpo. Encendiendo tu cuerpo. Un trocito derecho de su espalda, que de vez en cuando hace un movimiento. Sus ojos en el espejo retrovisor. Iztok te preguntó hace cinco o seis años, sentados en la mesa del comedor de la residencia de estudiantes, mientras terminabais una tetera hacia las tres de la mañana, "¿Alguna vez has hecho el amor con los ojos?". No lo entendiste.

Nunca te has permitido a ti misma mirar así a Hermann. Ahí estaba todo el rato, pero no te lo has permitido a ti misma, porque sabías que, si le mirabas, había un mundo. A eso se le llama miedo. Miedo a lo desconocido. La canción dice, "¡Qué no hace la gente con lo que le da miedo! Los aleja de ti…".

Estos dos días escasos que habéis estado de vacaciones, habéis estado haciendo el amor con los ojos constantemente. Todo lo habéis mirado con amor. Cualquier cosa era todo, cualquier lugar estaba bien, y podría ser incluso noviembre.

Berlín os da la bienvenida desde lejos. *Alex* aparece entre la niebla. Bloques comunistas al borde de la carretera. Parecen colocados para una película. Es impensable que alguien construyese algo así para gente real. Son la fantasía malvada de alguien y tienen fuerza. Lo mejor

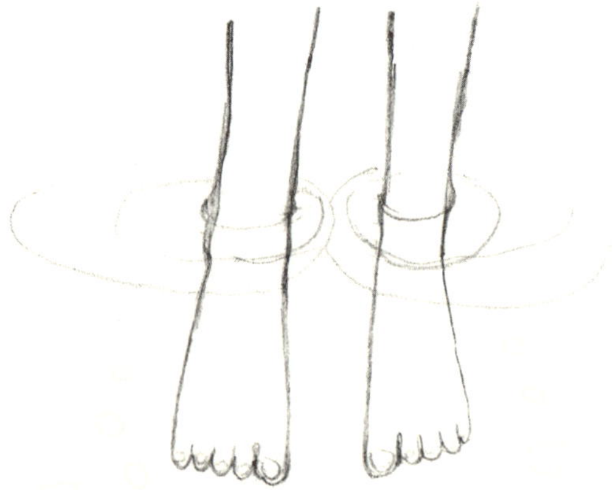

es pensar que los han puesto ahí para vosotros. No para que la gente viva en ellos, si no para ser vistos junto a la carretera cuando pasáis vosotros. Música y sus ojos en el espejo retrovisor. Jeff medio dormido, Lizi mirando por la ventana, Sagran leyendo. En ese momento todo es como tiene que ser. Luego ya vendrá lo que tenga que venir. Y mientras gozas con la visión de los bloques, "Muchas gracias –piensas– ¡al que haya puesto esos bloques ahí!". Chin-chin. Una mujer camina por la acera empujando un cochecito. Lleva una chaqueta lila demasiado grande. Los pelos parecen cortados con un cuchillo de cocina. Esa mujer ¿es necesaria ahí? Para ti todo está bien dentro del coche, ¿y esa señora tiene que pasear a su hijo entre esos bloques? Te ha perturbado. ¿Es que tienes que sentirte culpable de ser feliz?

LA PESADILLA DE LAS RANAS

LA CAMA DEL CHELISTA es negra. Está junto a la ventana. Sentada en el patio, una isla que debe tomar decisiones. En el tejado, una niña que desea ser artista de circo, haciendo volteretas laterales. Dividiendo el cielo en dos, un avión. Colgando de la cola del avión, una frase: "¡El verano se acaba!". "¡Noooo!", grita la niña desde el tejado. Asustadas, dos ranas que estaban dando volteretas con ella caen en medio de la isla y se estrellan contra el suelo, *¡ploff!,* estallan sus entrañas. Ese avión, ahora, viene a buscarme. Y yo no quiero coger el avión.

POP.H.POP

¡Claro que está en tu cabeza!
¿De dónde, si no, proviene la realidad?
¿De tus dedos?
Sí.
Claro, ¡mira que hacer una pregunta así a un chelista!

HOWARD KATZ

EN EL 2001 VI POR PRIMERA VEZ a p.h.p. en concierto y me pregunté a mí misma: "¿Qué ha sido lo que ha dado unidad a este concierto?". El espectáculo subió y bajó, fue en todas direcciones, dio varias vueltas de campana. Me produjo una amplia gama de sentimientos. De todo, pero con una unidad. Y no podía responder mi pregunta. No podía saber qué era lo que sostenía aquel aparente caos.

Intenté escribir sobre ello, pero no pude terminar nada. Intenté analizar a los tres hombres. Escribí sobre Sagran, sobre Jeff y sobre Hermann. Escribí: "Sagran casi no habla, es calvo, parece que vive en otro planeta y puede tocar la batería incluso tocando objetos de miniatura". Sobre Jeff escribí que había nacido en Brooklyn y que su padre tenía una tienda de zapatos en aquel barrio de Nueva York. *To talk brooklyn's a physical thing*... Que en aquel momento no tenía casa en Berlín y que estaba viviendo en la nuestra. Que la hija de Hermann tiene los mismos ojos que él. Soñadores. Que también Hermann habla poco, pero más que Sagran. Escribí además, que desayunaba en la misma cocina con los tres casi todas las mañanas. Hasta aquí, *Fakten*.

Yo quería saber qué se silenciaba detrás de las apariencias. Frustración. Conseguí formular que los tres tienen cierta tendencia depresiva y que cada uno lo afronta a su manera. Que los tres parecen tener una idea romántica acerca del amor. Sin embargo, no se me ocurrió unir lo uno con lo otro. He ido aclarando el misterio con el tiempo. Para empezar, algunos datos biográficos, notas y recuerdos que han sido parte del proceso:

Pop

1. ...THE RISK *of trusting another woman like you again*. Del primer concierto que vi, se me quedó grabada en la cabeza esta frase de Jeff. Tu foto –un sueño sobre un papel– la enterré. Es arriesgado confiar en una mujer como tú.

Al terminar el concierto e ir a casa, había mucha gente reunida en la cocina. Alguien me preguntó:

–¿Te ha gustado?

–Mucho.

¿Qué iba a decir? Estaba impresionada. Una de las mujeres dijo, *"ach, das hatte so was typisch männliches...!"*. Que había sido típicamente masculino. "Sí, ya. ¡Típico!", pensé yo.

Jeff nombra su *gusano* en alguna canción. Pero también dice: "No quiero ser Superman. Superman está de vacaciones". Hermann fuma cigarros sin filtro por las noches, toma el café sin leche ni azúcar, tiene una bici sin marchas y no puede ponerse unas chanclas. Estas son sus únicas marcas clásicas de masculinidad. Sagran es capaz de hablar con los pájaros cuando quiere. Y con la luna, las estrellas. Le gusta pintarse las uñas.

2. *The problem with being born,* fue el nombre que le pusieron al disco que presentaban en aquel concierto. Era el segundo. Entre el primero y el segundo pasó mucho tiempo porque estuvieron enfadados. Les sucede a todos los grupos de rock alguna vez. Se separaron por un tiempo. Sagran estuvo desaparecido. Hermann y Jeff probaron con otros baterías, pero un día, después de no saber nada el uno del otro durante dos o tres años, Hermann llamó a Sagran, y le dijo: "Vamos a grabar el próximo disco, ¿vienes?".

¿Cuáles serían las vivencias que tuvo cada uno de ellos durante aquel periodo en el que estuvieron separados?

The risk of a city.
En la ciudad, los solitarios tienen la libertad
de crear su hogar.
Momentos de debilidad, decisiones erróneas.
Nadie puede juzgarte.

Se hacen muchas cosas que no se querrían hacer. Otras tantas se quedan sin hacer. Las que no han sucedido, podían haber sido realmente preciosas. Y quizá todavía se pueda soñar con aquello que está por ocurrir. Se pueden tomar decisiones que lo cambiarán todo. Periodos de silencio entre historias de amor.

3. Una vez, Sagran me dio su explicación en torno al grupo: "Hermann es post, Jeff es holocaust y yo soy pop". Con esa sonrisa de otro planeta. Yo lo entendí en el significado literal, pero no en el del otro planeta.

Holocaust

... And then, *turn the light on*... Domingo por la noche. Han pasado tres años desde que acudí al primer concierto. Lo de encender la luz y despertarse, se puede entender para bien o para mal, de las dos maneras. ¿Qué es lo que ves? ¿Todo es más feo de lo que creías? ¿O es un mundo que ni siquiera podías haber imaginado? Una decisión básica...

Jeff pide una letra al público. No se entiende nada claro. "¿L?", pregunta él.

Lovesong.

"Cuando canto una canción de amor, quiero que sea de verdad. Y después de tantas vueltas, quizá la próxima seas tú..."

La siguiente ha sido *Berlin Girls.* Ninguno de los tres tiene novia berlinesa. Pero la cuestión no es de dónde venga, sino que sea una *Berlin Girl.* Y yo siempre he pensado que cuando se dice *Berlín,* se dice algo poético, que esa palabra esconde un mundo, una idea utópica. Siempre he pensado que podría escribirse una poesía escribiendo solo *Berlín,* y que lo entienda quien lo entienda.

I wanna know, what's in their minds... ¿Qué tendremos las mujeres en la cabeza? ¿Qué tendrán los hombres? La mujer que se cita en la canción, de origen, tampoco es berlinesa. En un paseo a media noche por

Helmholtzplatz, junto a Negativeland, le dice la chica con su acento francés: *"isch liebe disch"*. Y el acento francés, *französchischer Akzent,* Jeff lo dice con acento de Brooklyn. El lenguaje de Brooklyn es algo físico. Cuestión de actitud.

"Y la próxima, como todas nuestras canciones, es una canción de amor, una canción de amor sobre el suicidio."

También hoy, la última ha sido sobre el suicidio. Estoy mirando tres pares de manos. De ellas surge todo un mundo. Se les escapa sentimiento. Las manos que tocan el chelo a veces sujetan el arco, y otras veces los dedos rasgan las cuerdas directamente o golpean el mismo chelo. El movimiento que hacen sus manos puede ser una caricia, sin embargo es capaz de romper las cuerdas. Cuando Jeff canta, le bailan las manos. La danza puede ser sinuosa o fragmentada, loca o suave. Es capaz de crear tensión sencillamente moviendo el dedo pequeño. Las manos de Sagran sostienen las baquetas de la batería, parece que ni las mueve, pero el aire tiembla. Lo mismo, pero cada uno a su manera. Y me doy cuenta de que eso que cada uno expresa a su manera, en el fondo, es lo mismo. Que eso es lo que da unidad.

Que de ahí le viene al grupo la diversidad y la unidad. De expresar la misma idea, el mismo sentimiento, cada uno a su manera.

Después de la última canción, Jeff y Hermann salen al escenario y tocan *Rosetta*. ¿Cómo salir de dudas? ¿En qué quedamos? ¿Suicidio? ¿O creer en que puede *existir de verdad?*

Pues en algunos momentos lo uno, y en otros, lo contrario. Pero es una idea tan hermosa, que a veces merece la pena mandarlo todo a la mierda a cambio de sentir que es cierto…

Hermann me busca entre los espectadores y me dice con la mirada: “Todo va a salir bien”. Me quedo sin palabras. Ellos pueden pasar mucho tiempo en silencio. Y a menudo cuando hablan, no hablan de cosas importantes. Por ejemplo, Sagran dice, “Hermann es post, Jeff es holocaust y yo soy pop”. Hermann dice, “Todo va a salir bien”. O deciden titular su disco, *The Problem with Being Born.*

Cuando están en el escenario tocando música juntos, se entienden sin palabras. Se sorprenden, se alegran, se preocupan, se apoyan mutuamente.

Lou está detrás de mí, en la mesa de mezclas. De vez en cuando, al mirar hacia atrás, me tropiezo con sus ojos. ¿Cuántos habrá entre el público, sintiéndose como nosotros? ¿A cuánta gente puede llegar una melodía?

Al terminar se toman su tiempo antes de acercarse a nadie. Estoy sentada con Lou sobre un amplificador y ellos están recogiendo las cosas a nuestro alrededor.

–¿Tú crees que es posible hacer algo para que pasen realmente las cosas que te imaginas? –le pregunto a Lou.

–Yo sí. Seguro.

Se nos acerca Jeff. Me pasa los dedos por la cara y concluye:

–Tú has vivido mucho estos últimos días.

–¿Cómo lo sabes? –le pregunto sorprendida.

–Lo veo en tu cara. –Y luego se acerca a los otros dos a darles un abrazo.

Después Lou y yo hemos estado bailando. No me cabe la sonrisa en la cara. Todas las piezas están en su sitio. Yo también estoy en mi sitio. Jeff nos mira por la ventana antes de irse. Sagran está pinchando música, Hermann sentado a su lado, mirándonos a Lou y a mí.

Pienso que lo que he podido sentir esta noche, ha tenido un proceso previo. Que las últimas semanas han sido una gestación y que ha habido mucha gente participando en ella. Mifu, Kike y Frank, gracias a las largas conversaciones que hemos mantenido. Las voces que he tenido al teléfono, el primo, Maite; Lou, Sagran y Katrin, que me han invitado a compartir sus vivencias.

De pronto ha parado la música. Por lo visto, viene otro tipo con ganas de pinchar. Apaga los trastos de Sagran, introduce un CD suyo, y todo el mundo deja de bailar. La sala se vacía en pocos segundos.

Hermann, Sagran y yo entramos al coche. Está repleto de instrumentos y les digo que voy andando, pero dicen que no, que donde caben dos, caben tres. Me siento en el regazo de Sagran. El viaje a casa con el sonido de una ópera negra puesta a tope y el alarido de una voz que viene de algún otro lugar: *lieben-heißt-lieben!* Para el que no sabe. La oscuridad y sus lucecitas al otro lado del cristal. *Along the lonely street-lights... you feel them in your soul...*

Al llegar a casa, Sagran va a por unas cervezas al kiosco que está siempre abierto. Le digo a Hermann en el tono del que revela un secreto:

–Hermann, hoy he vuelto a nacer.

–Bienvenida –me ha contestado con calma, pero todo contento.

Y se me ha borrado la sonrisa por un segundo: *el problema de nacer.*

SENTADOS EN LA COCINA, ríen a cuenta de Jeff. Pero lo que dicen no tiene ninguna importancia; lo fundamental es lo demás que está sucediendo.

–¿Esto es verdad? –le pregunto a Hermann.

–Sí, pero no es así todo el rato.

–No todo el rato, ¿pero sí de vez en cuando?

–Sí, de vez en cuando, sí.

Sagran sube a su habitación sin terminar la cerveza.

–¿Y quién hace todo esto?

–Todos. Es lo mismo que decir nadie. No pienses en eso.

En la cama, escucho la voz de Jeff dentro de mí, gritando *"this is the body!, this is the soul!"*. Todo uno. Todo bien. Sin palabras, todo se traspasa de la cabeza de Hermann a la mía. Y yo no puedo creer dónde estoy. Me cuenta tantas cosas, que en un momento me quedo sin aire, y cuando se percata de que no puedo más, de que es suficiente para el primer día, cierra mis ojos y acaricia mi pelo.

–Di Berlín –le pido.

–Be(ar)lin –dice, y no entiende por qué me gusta que diga Berlín, porque para él es lo más normal.

Nos quedamos dormidos.

Post

POR LA MAÑANA, antes de bajar a desayunar, por si acaso me explicó cómo están el arriba y el abajo y la historia en torno a eso. Cuando bajamos a la cocina, Sagran y Lou estaban desayunando *crêpes* recién hechos.

–Vamos a ver la exposición *32 pianos* –dijo Lou.

Hermann se quedó en casa porque tenía que recoger a Lotta, pero nos prestó su coche para ir a Mitte. El sol pegaba demasiado fuerte para bajar en bici. Yo propuse ir a pie y nadie lo tomó en serio. Era absurdo coger el coche para ir a Mitte, pero esa era la mejor opción.

SOLO VAMOS A MITTE, pero cualquiera pensaría que vamos de excursión. Llegamos a la calle de la exposición, buscamos un sitio para aparcar y salimos del coche con las gafas de sol puestas. Vamos caminando y no sé decir si es real o si estamos en una película. Un lunes al mediodía, bajo el calor insoportable de verano, vamos andando a una exposición que resultará estar cerrada, con las gafas de sol puestas. Podría ser una película de Godard filmada en blanco y negro, y nuestras piernas siguen el ritmo de la banda sonora. En el universo de Godard, estrellas de lo cotidiano cruzando la calle. Podría ser un gran estudio. Cinecittà. París o Mitte. Al ver que la exposición está cerrada, nos alegramos de no haber pagado por aparcar. A Lou no le apetece conducir de vuelta y cojo yo el coche. Doy un rodeo innecesario con objetivo de ver el circo que se ha instalado en torno a *Alex*. Con la esperanza de distinguir algún ángel entre elefantes, trapecistas y liliputienses. Luego tomo el camino a casa. Tenemos el teatro del este frente a nosotros al fondo de la calle y se leen tres filas en letras grandes: *Ost. Volksbühne*. Y en la tercera, *Macht Kinder*. En la película que vivimos hay mensajes ocultos en cualquier lugar. Están ahí, para el que los quiera leer.

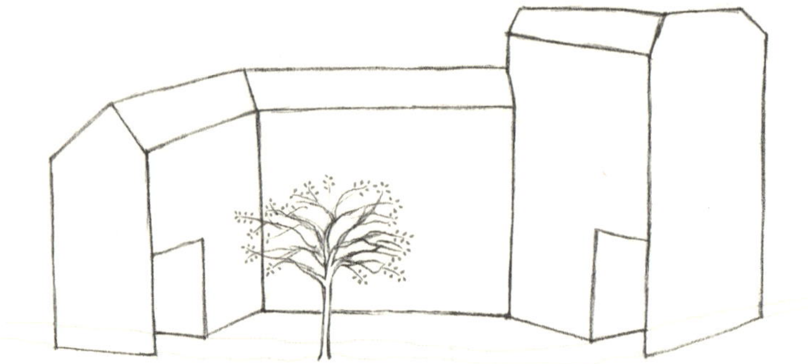

ÍNDICE

Este libro se terminó de imprimir
el 20 de septiembre de 2011.
Para su composición se han utilizado tipos
Euphemia, Garamon 3, Galliard,
Horley Old Style, Plantin, Times y Vivaldi.